U0036305

魔豆

魔豆

香草／著

目錄

登場人物介紹

利馬．安多克
第三分隊隊長，平民出身。大剌剌的個性，看起來總是一副隨性的模樣。平時最喜歡作弄西維亞、亂揉她的頭髮。

西維亞．菲利克斯
菲利克斯帝國四公主。有著遺傳自母親的美貌，卻散發一股劍士的凜然氣質。擁有特異的直覺與女神賜予的誕生禮……

多提亞．帝多
帝多家族次子，皇家騎士團第二分隊隊長。散發知性優雅的氣質，溫和而穩重。腹黑屬性，笑容的燦爛度往往與心情成反比。

卡萊爾
叛亂組織的首領，他的出身似乎
與西維亞公主頗有淵源……
是個溫柔和藹、好相處的人，笑
容帶著點孩子氣，最大的嗜好就
是在路上胡亂撿同伴。
伊里亞德．諾林
「創神」傭兵團的團長。
個性像貓科動物般，是個渾身
散發著神祕氣息的頂級美男。
稱呼西維亞為「小貓咪」，似
乎特別喜歡逗弄她……
夏爾
年齡僅14歲的可愛少年，
妮娜魔法店的學徒。神經
大條，行動總是慌慌張張
又經常闖禍，標準的衰運
纏身冒失鬼一名。

楔子

位於大陸最南面、傳說爲世上最古老的森林深處，正是遠離人煙的精靈族的居所。

這個比人類古老而長壽的種族，早就與世隔絕了一段漫長的時間，不過在人類世界中卻仍流傳著不少關於這個神祕種族的事蹟。

例如：精靈都有著高度的魔法天賦，他們的外形與人類相近，卻生有一雙尖長的耳朵；長相絕美清靈，個性公平正直，並且非常親近大自然。

雖然遠離人群這點難免讓人感到孤僻，但也增添了他們的神祕感。對人類來說，他們是過於完美的種族。因此許多藝術品或吟遊詩人的詩謠也都以精靈爲主題，讚頌這個美麗而善良的族群。

而位於這座大陸的菲利克斯帝國中，與人族、精靈族同列三大種族之一的獸族，卻與人類處於惡劣的關係。

這半人半獸的種族平常多以人類的面貌示人，並且能化為所屬族群的獸體。在他們成年後，甚至能在保持人類形態的狀況下，顯現出獸類的特徵。本來單是以相近的外形而論，獸族與人類的關係應該不錯，可是這兩族之間卻總是爭鬥不斷。

也許因為有著一半的野獸血統，獸族崇尚自由、非常討厭被束縛，人類城市的規則對他們來說，就像是限制自由的枷鎖般令人厭惡，自古獸族在人類領土裡鬧事的事件更是屢見不鮮。

而人類則是無法了解獸族的自由奔放，把他們視為沒有文化的野人，在一些貴族之間甚至流行以獸族作為獵物的狩獵遊戲，又或是把一些長相可愛、美麗的獸族族群視為寵物般進行黑市拍賣。

獸族雖有著人類所沒有的優越戰鬥力，可是他們繁衍後代的能力薄弱，而人類的迫害更是大大削減了他們的數量，因此兩族間的爭鬥一直難分勝負，最終形成了漫長的持久戰。

直至被人們稱為天空之王的菲利克斯六世即位後，兩族的關係才有了新轉機。

這名仁君廢除所有對獸族的不平等條約，並且親至對方王者所統領的根據地．

石之崖進行和談，總算爲兩族間長久以來的戰爭劃上了句點。

即使如此，多年來兩族間的憎恨及心結並非短時間內所能化解，人們對於這和平的狀況抱持觀望的態度，並且下意識地抗拒兩族間的交流。

更多年之後，這脆弱的和平卻被創造人親自打破……

一向崇尚和平的菲利克斯六世忽然集結軍隊，將矛頭直指統領山野的獸族。人們都猜測這素以仁義聞名的君主總算露出身爲王者的獠牙，準備向蠻橫的獸族發動進攻。

此刻獸族所有族群的族長盡數聚集於當年進行議和的石之崖裡，空氣裡瀰漫著一觸即發的氣氛。

「所以我就說人類不可信吧！當年的議和果然只是想讓我們掉以輕心、磨平我們利齒的把戲！」巨大的身影發出憤怒的咆哮，男人正是熊族的族長——一個能化身爲巨熊，個性也是獸族中最凶悍善戰、以攻擊爲主的族群。

另一名體態與前者相反的嬌小女子，則是以微弱得幾乎聽不見的音量小聲說

話，光看那雪白的髮色及紅紅的眸子，便知曉她出身自聽覺敏銳，卻個性膽小的兔族。「可是、可是……那位人類的領導者看起來也不像是壞人！也許他有什麼特別的原因……」

「眞是夠了！我們在這兒猜測也商討不出任何結果，只能選擇當先下手爲強的勝者，還是當後下手遭殃的敗者。」以速度見稱的豹族男子勾起滿是殺意的笑容，隱約可見他嘴裡那尖尖的獸牙。

「大家是不是都忘記了呢？當年的議和可是有精靈族那享負盛名的『白色使者』作見證，若我們任何一方先下手，精靈族不會坐視不管的。」聰明而狐媚的狐族青年提出了事件中最不尋常之處，「你們不覺得很奇怪嗎？人類的帝王竟想要挑起對他們完全沒有好處的戰爭。」

頓時，族群中傳來陣陣竊竊私語，每個人都有不同的意見，有支持戰爭的，有選擇相信人類的，也有人對此事抱持懷疑。最終所有人都把視線投向始終默不作聲且身爲所有族群的首領，那位年輕而強壯的王者。

坦然面對眾人注視的是名英俊的青年，散發著金光的橙紅髮色彷如燃燒的火

光，一雙金色的野獸瞳孔，是他那特異血脈的象徵。青年不疾不徐卻堅定地開口說道：「與人類議和的是我的父親，現在父親已經過世，身爲領導者的我會承擔起這個責任。」

青年頓了頓，說出令所有人譁然的話：「當年人類的王親自前來我們的領地，現在雙方處於這種不明的狀況下，我決定親自前往人類王城。」

「王！這個決定太輕率了！」

「人類這麼狡猾，怎知道他們會做出什麼事！」

「以雅大人，請您勸勸王吧！自小他最聽您的話了。」

名爲以雅的老人是貉族的智者，面對一眾因爲王的發言而緊張得要死的族人，以雅呵呵地笑著道：「看來我們這位新陛下眞的很受大家的喜愛啊！不過，恐怕要令大家失望了，對於王的提議，老人家我可不反對。若王答應老臣隱藏身分前行，看到狀況不對便折返回來的話，老臣便會站在王這一方。」

「以雅大人！這實在……」

「我們已經在戰爭中失去太多東西了。」王的一句話，令想要反駁的一干人等

安靜下來。「現在狀況不明，我們沒有必要因空穴來風的謠言而主動破壞條約，樹立這樣的強敵。但是如果人類真有敵對之心，我們獸族也不是好惹的。」

眾人被青年這番話的氣勢震懾得無法言語，良久，數名族長相視一眼後，不約而同地提出請求道：「懇請王允許我們侍奉在側。」

這就是獸族自二十年的和平後，首次前往人類王城的契機，也是獸族之王與人類公主相遇的開端。

ch.1 相遇與誤會

遺跡倒塌的消息一如預料般遭到封鎖，王室果然對神殿內部曾存在禁咒一事絕口不提，只以遺跡過於老舊作為倒塌的理由發布出去。

浩浩蕩蕩來到奴布爾的傭兵大軍，也因神殿倒塌而被拒於門外，掃蕩行動因而不了了之。

對於遺跡的塌陷，最失望的人莫過於魔法師三人組。他們早就對位於神殿內部的石刻產生強烈的興趣，但現在那些充滿魔力的刻印，應該已經連同遺跡一起被毀壞掉了吧？

回想當時我將魔力加於銀燕身上時，瞬間爆發出的驚人力量，把魔法陣破壞殆盡，然而，事後小海燕卻又不曾再出現任何特別的變化，同時我也無法再使出當時的力量。

那個時候，如此強大的魔力真的是我發出的嗎？而且在腦海中浮現的契約文，明明就是從未聽過的語言，但我卻奇異地明瞭其中的意思？

可惜那名神祕的精靈少年早已離開，女神大人又不理會我的呼喚，我這個可憐人，只好把這些問題暫時藏於心中。

「現在任務都泡湯了，你們接下來有什麼打算？」伏在窗旁，我無奈地看著雙胞胎再度把夏爾耍著玩。經過這段時間的休養，少年的傷已痊癒得差不多，我們也該分道揚鑣了。

卡萊爾走到我身旁坐下，有樣學樣地放鬆身體伏於窗旁，夕陽將那雙蜜色的金棕雙瞳染上一抹淡紅。不同於利馬頭髮的張狂赤色，這泛著水光的紅給人一種既柔和又溫暖的感覺。「嗯，我也該與同伴會合了，必須尋找其他解放陛下靈魂的方法呢！」

「眞是的！還在想這次總算有五名新成員加入，結果又是些不愛回家的孩子。看來總部還要繼續放空好一段時間，達倫知道以後可要哭了！」身爲「創神」的團長，明明應該是對事態最緊張在乎的伊里亞德，卻在一旁露出了事不關己、幸災樂禍的笑容。

志羅習以爲常地不理會自家團長那不負責任的言行，指了指我用鍊子掛於頸上、唯一從古遺跡魔法陣中取得的小東西，道：「維斯特，你們四人打算去找這指環的主人嗎？還是與我們回去『創神』，一起接任新任務？」

我輕握住穿在銀鍊中的美麗金色指環，手指感受著雕刻其上的精緻紋路。經博覽群書的多提亞解釋後，證實這些紋路是屬於獸族的文字。

這小東西正是導致父王性情大變的元凶、古遺跡內魔法陣的基石，同時也是歷代獸族的王所承繼、代表王位的指環。

「我會先去石之崖一趟。這指環事關重大，必須歸還獸王才行，何況我也想弄清楚到底是怎麼一回事。」

「維斯特，你……不！你們到底是誰？」卡萊爾收回凝望窗外的視線，偏過頭看了過來，道：「你們並不像志羅他們只是來執行任務，對吧？為什麼如此執著於王族的事？」

多提亞沒有迴避青年的視線，輕描淡寫地回望過去，道：「那你呢？一個小組織的首領，為什麼能知曉王族內部的機密？」

「多提亞……」卡萊爾以嚴肅又緊張的神情稍微退後了兩步，拉開兩人之間的距離。「原來你那麼想要了解我嗎？很抱歉，我並沒有特殊的癖好，你的厚愛我心領了。」

我看到多提亞的嘴角抽搐了幾下，隨即泛起益發溫和的笑意，道：「沒關係、沒關係，若你自認爲理解能力不足的話便罷了。」

卡萊爾頓時回以孩子氣的笑容，道：「哎呀！看你忽然自說自話，眞是嚇了我一跳呢！」

隨即兩人都不再言語，只是他們的笑容一個燦爛、一個溫煦……天呀！這樣若無其事地笑著說狠話，眞的很嚇人耶！

□

結果奴布爾一別，我們又再度回復四人的旅程。也許是習慣了這一個月來雙胞胎的吵鬧、志羅像老媽子般的碎碎唸、伊里亞德的惡劣作弄，以及卡萊爾溫和卻又帶點俏皮的笑容，此刻我竟感到有點寂寞。

「啊！想不到我的掛念名單中，竟然會有那個麻煩的團長大人的名字，眞是世界末日了！」煩躁地拍了拍臉，這種低落的神情還眞的不像我。

「原來小貓咪一分開便這麼想念我？這就是青春呢！」團長不知道在什麼時候混進來了，不發言還眞的沒有人發現他的存在。

一秒、兩秒……死寂般的沉默往四周蔓延……

「爲什麼你會在這裡!?」我震驚得無以復加。

「天啊！這次你又是在什麼時候混進來的？」利馬滿臉不可思議。

「別作夢了！身爲蟑螂，請快點回到你的垃圾堆中吧！」多提亞的笑容頓時變得非常燦爛。

「你不是回『創神』了嗎？怎麼跟過來了？」就連夏爾也忍不住插進來發問。

然而，某隻以自戀拼湊而成的產物，卻只顧沉醉於自己的世界中。「這就是所謂的小別勝新婚吧？只是分離了短短數分鐘，我可愛的小貓咪便已經哭著說道『我的愛人伊里亞德啊！求你別離開我的身邊吧！』」

我從沒這麼說過好不好！

這是什麼鬼幻想？爲什麼會與現實相距數個銀河的寬度!?

「想念你。」男子勾起惑人的笑容，輕柔地撫上我的髮絲。與利馬他們那種像

是對待孩子般的接觸不同，那若有似無的觸感以及炙熱的視線，讓我的臉不爭氣地紅了起來。

「咦？」沒頭沒尾的一句話讓我愣了愣。

隨即男子轉身看向另外三人，道：「十分鐘前、去死、因爲無聊。」

所有人都呆住了，良久才恍然大悟，伊里亞德是在回答大家剛才的問題！

還眞是讓人無力的回答，而且第一個答案……我抬頭看向那名總是自信滿滿的絕美男子，笑道：「眞是敗給你了。」

好吧！誰教我也有那麼一點點地想念你。

「只是『創神』的業務……哎，算了，當我沒問。」即使伊里亞德不在，達倫也能把「創神」打理得井井有條吧？

就在我們言談間，遠處的騷動吸引了我們的注意。一名於路邊販賣小吃的老人正與四人發生爭執，這群三男一女的集團外貌異常亮麗，光看那身特異的衣著，便知絕非來自大城鎮的人。

稍微一聽他們的對話，我便禁不住停下前進的腳步。

「老頭子，我們可沒有白吃白喝，不是把雪蓮的花瓣給了你作交換了嗎？」四人組之中，一名外貌矯捷強悍、感覺上脾氣不是很好的男子滿臉不耐。若沒有那名銀髮白衣的嬌小女孩拉住他，說不定老人早就被男子打趴在地上了。

「幾位客人別開我玩笑了吧！你們吃的東西足有兩枚銅幣的價錢，卻給我一片花瓣做什麼？」老人說得可憐，可是我卻沒看漏他眼裡一閃而過的貪婪與狡黠。

「抱歉，我們並沒有這個國家的貨幣，可是雪蓮是藥用價值很高的珍貴花朵，據我所知，在這裡也是價格極高。雖然我並不知道這裡的兩枚銅幣代表多少價值，但以這片花瓣來交換剛才我們所吃的食物絕對綽綽有餘。」另一名青年不慌不忙地解釋，這男子擁有一頭如燃燒般火焰的橙紅髮色。然而與那亮麗的紅髮相比，他的眼瞳卻是不相襯、極為普通沉悶的黑褐色。

雖然青年的語氣謙遜有禮，可這人卻自有一種凜然的氣勢，只是森然一望，老人便不期然地顯得有點退縮。

「我……我並不懂什麼雪蓮，還不就是花一朵？大家來評評理吧！」圍觀的只

是路人，何況雪蓮又是只生長於南方盡頭的稀有花種，因此在場也沒有人聽過此花的名號。而老人又說得可憐，並且一臉理直氣壯，因此便獲得眾人的聲援。頓時數落青年們的聲音不斷，有幾人甚至看這群人的衣著行爲可疑，更是以他們的身分大作文章。

人類是很容易受群眾想法影響的生物，所謂的「羊群心理」便是如此。眼看圍觀路人群情激憤，老人便把握機會提議道：「不過，看你們這朵蓮花倒是長得漂亮，正好可以送給我的孫女作禮物。老人家我就做一次好人，你把整朵花交給我，這次的事情便作罷。」

一整朵雪蓮足以買下數幢大宅了！看這老人得了便宜還裝出一副好人的嘴臉，我便心裡有氣，隨即看到四人之中最漂亮的年輕人在紅髮男子耳邊小聲說著什麼。這人身材修長纖瘦，中性的臉龐嬌媚得還眞的讓人分不出性別來。

出於好奇，我便放出銀燕聽聽他們在說什麼，只見那名美人輕聲說道：「此刻身處人類城鎮，在這兒把事情鬧大的話絕對沒有好處。雖然很不甘心，但還是聽這死老頭的話，把雪蓮交給他吧！」

嗯？「人類的城鎮」？我看著這四名外貌與常人無異的旅行者，難道……他們是人類以外的其他種族？

紅髮男子點點頭，便從懷裡取出一朵晶瑩剔透的雪白蓮花。就在老人正要得手之際，從旁掠出的我輕輕巧巧地便把雪蓮從老人手中攔截下來。

本來眉開眼笑的老人受到阻擾後，面目立時變得異常猙獰，後來總算讓他想起自己正在扮演著受害者的角色，下一秒竟又變回剛才那名慈祥老頭，速度快得令我差點兒便要拍手叫好。「這位年輕人有什麼事呢？」

我微微一笑，把花朵還給身後的紅髮青年。對方接回雪蓮後，那身敵意減弱了點，卻仍舊驚疑不定地看著我，小心警戒著。

「我也覺得老伯剛才的話很有道理，用這片不起眼的花瓣來代替兩枚銅幣，這不是擺明著欺侮老人家嗎？」我狀似不經意地撿起那片老人拒絕接收的小花瓣，並且笑得天真又無辜，道：「真是讓人看不過去！那兩枚銅幣就讓我來付好了。」

「什麼？」一臉傻眼的老人眼睜睜地看著我拋下兩枚銅幣，便理所當然地連一片花瓣也不留下來給他。「雖然老伯伯你不屑一顧，偏偏我就是喜歡這片花瓣散發

出來的清香。既然你不要，那就給我吧！也算是各取所需了，對不對？」

「呃、我……不！等等……」一時之間想不出任何回應的話，老人想要阻止，我卻已反手拉住最接近我的兩名男子轉身就跑，瞬間把氣得要死的老人拋在身後。

衝進灌木堆後，我一停下來便忍不住放聲大笑。一回想起剛才那個卑鄙無恥死老頭驚嚇的表情，我更是惡劣地笑得彎下了腰。

直到我笑夠了，才發現那被我拉著跑的四人組站在一旁，以奇特的神情盯著我。很驚訝、有點大惑不解，以及難以置信，但最多的仍是滿滿的警戒。

看來他們在人群中已經吃過不少虧了吧？

「眞是的，至少也該表現出高興點的表情嘛！」抓抓一頭柔順的棕色髮絲，我嘆了口氣，並取出五枚銀幣想交到那看起來像是這夥人首領的紅髮男子手中。

然而，接下來的事卻讓我整個人呆掉了。

看到我手中銀幣的瞬間，四人便放出了滿身殺意，表情猶如驚弓之鳥。那名看起來強悍又不好惹的黑髮男子立即把嬌小的銀髮少女護在身後，而外表偏向中性的美人亦滿身警戒地退後了兩步。

至於紅髮男子，則是凶狠地撥開我握著銀幣的手，一雙平凡的黑褐色眼眸竟隱隱泛有金光。「我們不賣！」

我愣了愣。「咦？可是你們剛剛不是想要賣給那個死老頭嗎？」那片雪蓮的花瓣雖小，但起碼值四枚銀幣耶！人家用兩枚銅幣買你整整一朵雪蓮就可以，現在我取得一片小小的花瓣以後良心不安，補回五枚銀幣就不行？這算什麼？欺善怕惡？

紅髮青年回頭看了一眼身後顯然嚇得不輕的銀髮少女，以及表現得很緊張的美人，冷漠地向我再說了一次：「我說過了，我們不賣！」

那雙黑褐色的雙眸滿是濃濃的失望以及厭惡，就連老人壓榨他們時，也未曾看過四人露出這種眼神。見此，我不禁生起了莫名的怒火。

「小維！」此時利馬的呼喊聲從遠方響起。

「你還有同伴？」隨著青年的質問，四人的手竟幻化爲銳利的獸爪！變得妖異而美麗的獸瞳正一眨也不眨地緊盯著我，就像數頭被侵犯了地盤的猛獸！

「你們是獸族的人？」完全無視於對方強烈的殺氣，我歡呼地手舞足蹈。雖然很訝異素來與人類不對盤的獸族怎會深入人類領土，但此時比驚訝更甚的卻是滿心

的喜悅。眞是踏破鐵鞋無覓處，得來全不費工夫！與人類斷絕往來二十年的獸族族人，竟然就這樣子輕易被我碰上了！

似乎被我樂得蹦蹦跳跳的反應弄糊塗，四人全都露出不知該做出什麼反應的神情。然而，那黑髮藍眼的冷傲男子卻像是忽然醒悟了什麼，憤慨地低吼道：「知曉我們是獸族足以讓你這樣高興嗎？難道你以爲只要是獸族便能任意供你們人類蹂躪踐踏？我們並不是人類用來滿足嗜虐心以及玩樂的工具！」

聽到這番話，我腦海頓時一片空白，只看著他們呆呆發怔。最終我很老實地承認：「呃……抱歉，我聽不懂你們的意思，這雪蓮的價差與蹂躪踐踏有何關係？」雪蓮是解毒聖藥沒錯，可是從沒聽說過它的藥效與「那方面」扯上任何關係。

「雪蓮的價差？」紅髮青年皺起英挺的眉，疑惑地把我剛才那句話重複一遍。

看到他們的反應，我才知道這四人不僅沒聽懂自己的話，連雪蓮的價值都不清楚。按住有點發疼的額角，我無力地擺擺手，道：「可以告訴我，剛才你們很生氣地說『不賣』，是指什麼東西嗎？」

起初我誤以爲他們說的是那片雪蓮花瓣，可現在回想起來，那時候他們的反應

也太奇怪了，必定是在我們溝通的過程中產生了什麼誤會吧？

猶疑片刻，紅髮青年收起幻化出來的利爪，指了指正睜大紅紅的眼眸，聽著我們對話的女孩，道：「你不是想買下兔族作寵物，又或是想帶走狐族作床伴嗎？」說罷，便改爲指向那狐媚的美人。

在十七年的人生中，我第一次被誤認爲變態！

「噗哧！」我抓狂地聽著女神大人那不合時宜發出的竊笑聲。

顧不得這群人是前往石之崖的重要引路者，我瞬間飆了起來：「開什麼玩笑！這可是很嚴重的誹謗啊！再胡說信不信我揍你們啊！」這叢林之中若是有桌子，相信已經被我掀翻了數萬次。

ch.2 無能人類

「找到了！維在這兒……呃！我打擾到你們了嗎？」忽然從灌木叢中衝過來的夏爾，一看到我便露出滿臉驚嚇，相信我此刻的神情必定很恐怖，可是我也顧不得這些了。

此刻我眞的很想殺人呢！能忍耐著不出手揍他們已經很了不起了。

也許是看到我生氣的樣子不像裝的，又或許是看到首先衝進來的是像夏爾這樣的一個孩子，獸族的敵意明顯降低了不少，就連那凶悍的黑髮男子也收起銳利的獸爪，以充滿審視的眼神看著依舊氣呼呼的我。

「你的意思是，我們都誤會你了嗎？」狐族美人歪了歪頭，幾縷長長的髮絲因他的動作而垂至臉頰上，棕紅的髮色將晶瑩剔透的膚色襯托得更顯雪白，再配以他一身柔美的媚惑氣息，也難怪狐族當年聽說曾在黑市中喊至天價，是貴族與有錢人之間最喜愛的昂貴玩意。

「你到底是男是女？」我沒有回答對方的問題，反而好奇地把一直藏在內心的疑惑脫口而出。

雖然這問題有點失禮，但他們把我誤認爲變態更失禮吧！那麼我小小地失禮一下也沒關係吧？

似乎猜不到我會如此詢問，對方瞇起淡棕色杏眼凝望過來。

我沒有迴避，坦然地與對方對望，大概是確定了我的眼神中確實沒有任何猥瑣下流的意思，只是單純的驚艷與好奇，狐族美人也就放下敵意，眼神柔和起來，道：「我是男的，而且這個問題我也一直很想問你呢！」

「我當然是男的！」可惡的狐狸！我明明就穿著男裝，性別根本是一目了然！這樣也要小小地報復回來嗎？

既然他們並不是不願意把雪蓮脫手，我便再度從懷裡取出了五枚銀幣。這次我學聰明了，知道他們根本對這花瓣的價值一無所知，因此先解釋了一番：「這五枚銀幣並不是你們所以為的用途……你們啊！到底知不道雪蓮有多珍貴？單是你們這片花瓣，便已是四枚銀幣起跳了！我只替你們付了兩枚銅幣給那個死老頭，也不希望讓你們太吃虧，這些銀幣是補給你們的差額。」

也許是第一次遇上真誠以待的人類，他們以無法置信的神情盯住我手中的銀幣。對於他們的遲疑不決感到不耐，我二話不說，便把銀幣往狐族青年的手裡塞。

「旅途上也需要人類的貨幣，對吧？你們這種什麼都不知道的肥羊若再繼續以物易物，再過幾天便等著被騙光光然後餓死好了。不用考慮那麼多啦！收下來吧！」

狐族青年回頭尋求首領的同意，直至紅髮男子頷首，他才把銀幣收進懷中道：

「謝謝。」

「沒什麼好道謝的。這雪蓮很有用處，將來我說不定也用得著，這只是各取其需、公平交易而已。」看到他們收下銀幣，我才心安理得地把小小的花瓣收好。

此時利馬他們總算找到這兒，雙方少不了互相介紹一番。那名紅髮青年名叫柏納，所屬族群不明，但看他那身尊貴的氣度，便知來頭不小；至於另一名悍然的黑髮男子是豹族的戰士班森，似乎對人類依舊存有敵意，只是冷淡地向我們點點頭便算是打過招呼。

嬌小的紅眸女孩潔西嘉來自兔族，看她嬌怯怯的模樣，確實像隻可愛的小白兔。仔細一看，才發現少女的髮色並不是我所以爲的銀色，不同於精靈克里斯的優雅銀色，女孩的長髮是偏向奶油般的雪白。狐族青年安迪則是對我那近似精靈族的容貌及伊里亞德那華麗的外表很感興趣。「想不到人類也有外貌如此出眾的人物，

維斯特，你眞的沒有精靈血統嗎？」

「我可是徹徹底底的人類喔！」以理所當然的語氣回答對方後，我忽然想起從未見過面的母后……呃……我應該是人類吧……

「也對！精靈族的髮色不是銀白便是淡金的月色髮絲，確實沒聽說過有深棕髮色的精靈。」安迪想了想，便笑著說道。

我心虛地把視線瞟向另一邊。

抱歉，我眞正的髮色就是淡金色。

我假咳了一聲，把所有人的視線全數吸引至自己身上，隨即指頭輕輕一勾，藏在衣服裡的指環便隨著銀鍊被我拉扯出來，暴露於所有人的視線中。

「這是多年前失竊的『時之刻』！怎會在你手上!?」一看到那金色指環，柏納立即臉色大變地驚呼。

我把指環重新收回懷裡，道：「這指環是我在機緣巧合下獲得的，也明白它事關重大，因此正要到石之崖將之歸還給獸王，並且順道想向他請教一些事情。可是由於人類與獸族多年間並沒有任何往來，雖然知曉石之崖位於哪個方向，卻不知道確切的位置。」

柏納皺起了眉詢問：「你是要我們把石之崖的正確位置告訴你們？」

我立即點點頭。

「即使知道位置，你們也上不去。」細小的嗓音微弱得幾乎聽不見，只見兔族少女一接觸到我的目光，便立即「咻」地躲回班森背後。

她該不會還把我當成變態吧？

對此狀況已經習以爲常的安迪則是笑了笑，示意我不用在意。「兔族人一向膽小，面對所有不熟悉的人，潔西嘉都是這副模樣的。」

「原來如此……可是她說的『上不去』是什麼意思？」

「石之崖四周都有我族的菁英把守，尤其現在這種時候，他們絕不會讓人類進去。」看到潔西嘉已經躲得不見人影，安迪便代爲解釋。

「這種時候？」利馬敏銳地捕捉到青年話裡有話。

聽到利馬的發問，獸族人都表現得很吃驚。「你們不知道嗎？菲利克斯帝國集結了大軍，攻擊的目標直指獸族。」

我心下一凜，這段時間只顧著打聽禁咒的事，忽略了王室的動向。而且……這段旅途中出現了各種令我感到特異的蛛絲馬跡，更是佔據了我的心緒……

能看到魔法元素的力量。

遇上認識母親的精靈少年。

那明明從未聽過，卻能知曉內容的言語。

強大得足以打破禁咒的魔力。

甩甩頭，我把煩人的思緒拋諸腦後，現在不是想這些事的時候。我連忙把視線轉向神通廣大、消息靈通的團長大人，然後獲得了對方的頷首確認。

戰爭，就要爆發了嗎？

我隔著衣服握住掛在頸上的指環，以獸王的指環來作魔法陣的基石，這點就已讓人感到不自然。現在佔據了父王身體的靈魂更想要向獸族發動戰爭，會不會也是爲了這枚金色指環呢？

柏納把我的動作看在眼裡，隨即向我伸出了手道：「既然人類要登石之崖有諸多不便，就由我們代爲交還『時之刻』吧！」

「那可不行。」我也不虛偽、直截了當地當場拒絕。「這是很重要的東西，我不能隨便交給獸王以外的人；而且我們也有些關於這指環的疑問得要詢問獸王陛下，無論如何都必須親自走一趟。」

「可是現在既已知道『時之刻』的下落，我們也不允許它落在人類手上。」豹族青年勾起一個冷然的微笑，尖尖的獸齒讓他瞬間看起來邪氣得很。

柏納雖然沒有說話，可是看他的神情，是默認了班森的話。

頭痛地看著一臉毫不退讓的獸族人，我苦惱地皺起眉。此時卻感到頭上一陣輕柔的觸感，回過頭便對上多提亞那溫暖又令人安心的祖母綠眼眸。只見身後青年放下輕撫著我一頭短髮的手，向獸族人優雅地笑、斯文地頷首道：「既然如此，就請各位與我們同行吧！」

我霍地驚喜抬頭注視笑得溫和的多提亞。對喔！我怎會沒想到？

既然大家都不放心把指環交給對方，那麼就一起去吧！重點是我們這就有免費導遊了！

顯然猜不到多提亞會有如此提議，柏納愣了愣後，低頭沉思良久，一臉躊躇不定的模樣。

「跟我們來吧！小貓咪想問的事你們也會有興趣的，而且我相信『白色使者』也已動身，凱柏納斯。」一直沉默不語的伊里亞德的發言，不單讓我們，就連班森他們也露出大惑不解的表情，只有柏納驚訝地瞪大眼，愕然道：「你是……」

「噓。」做出個噤聲的手勢，伊里亞德輕笑道：「如何？還想拒絕嗎？」

「不。」柏納深深看了團長一眼，態度頓時恭敬起來。「請讓我們同行。」

我疑惑的眼神來回於兩人身上，想要開口詢問，伊里亞德卻惡作劇般揉亂我的頭髮，「現在不是提問的好時機，小貓咪現在只要處理好自己的事，將來我一定會告訴妳的。」

我抬頭看著伊里亞德那微笑的臉，不同於他嬉笑的神色，那雙暗藍眸子卻顯得很認真，這讓我知道他並不是在敷衍了事。

「話說回來，在這種敏感時期，你們獸族進入人類的城鎮做什麼？」利馬好奇地詢問。先不說帝國現在正醞釀著與獸族的戰爭，光是以獸族與人類的惡劣關係而論，獸族這二十年來從不踏足人類居所。但柏納一行人卻在明知道戰爭就要爆發的

狀況下，冒險進入人類的城鎮。

「我們本來打算到王城去見見那位排行第四的西維亞殿下……」

「咦!?」我與兩名騎士長，還有小小的魔法師異口同聲地發出驚呼，打斷了柏納接下來想說的話。

這驚叫聲顯然把所有人也嚇了一大跳，躲在班森背後的潔西嘉更是嚇得衝進草叢中不見了人影；而同樣被我們嚇得愣住了的伊里亞德，在看到我此刻的神情後，便笑得彎下了腰，道：「哈哈哈！真是笑死我了！小貓咪妳現在的樣子，簡直就像貓咪的尾巴被人踩到似地呢！」

狠狠地瞪了伊里亞德一眼，我因剛才的失態而尷尬得滿臉通紅。

這又怎能怪我！又有誰會想到，在成爲通緝犯逃出皇宮、並且來到如此偏遠邊境城鎮的我，會在這兒從獸族口中聽到目前的我——維斯特的另一個身分——菲利克斯帝國的第四王女、四殿下西維亞公主！

□

這一次我們沒有手持王城派發的通行證，路經出城的關卡時，就只能以心驚膽戰來形容了。只因現在隊伍中不單藏有我這個現役通緝犯，更勁爆的是還有四名獸族大搖大擺地同行，被抓到的話可不是開玩笑的。

幸好我們仍舊有大名鼎鼎的「創神傭兵團」成員的身分作掩護，而且奴布爾只是個位處邊境的小城鎮，因此搜查並不嚴謹，最終還是有驚無險地讓我們安全通過了。

「維斯特。」柏納以一雙異常銳利的黑瞳盯著我，這讓我聯想到獵鷹的眼神。難道這個族群不詳的獸族人，其實是來自於鷹族？

有點被對方氣勢壓倒，同時內心生起一陣不安感。「怎、怎麼了嗎？」

「我覺得你們好像很緊張？」青年的話雖是問句，語氣卻非常肯定，「而且你經過士兵的時候還故意偏過頭，讓對方看不清楚你的長相。」

好敏銳的心思！不愧是來自獸族的人，這個人的野性直覺與利馬有得拚！

「怎會呢！你多心了。」雖然內心因青年的話受到不小衝擊，可是表面上我仍

舊保持淡雅的笑容，把王室教育這十多年間培訓出來的厚臉皮……不！處變不驚，發揮得淋漓盡致。

「也許我確實是有點緊張，畢竟你們獸族鮮少出現在人類的城鎮，而現在還處於戰爭前夕這種敏感的時機，要是被士兵們發現，說不定會很糟糕。然而藉故偏過頭……我沒什麼印象了，也許只是湊巧吧？」假話中夾雜一半眞話，這可是說謊的竅門。

柏納果然立即接受了我的解釋。「也對。抱歉，是我太多心了。」

「沒關係，我明白。」拍了拍男子的肩膀，我毫不保留地向獸族釋放出善意：「身爲獸族，處於人類之中難免會感到坐立難安，也難怪你會『過於敏感』啦！」當然還少不了假作不經意地提醒一下是他太敏感了。

剛打發掉柏納的我，卻在無意中撞上了班森的視線。

這男子雖然從一開始便沒有隱瞞對人類的敵意，可是我總覺得他特別討厭我。

接觸到我的目光後，班森便舉步往我們這邊走過來。只見男子很輕浮地一手搭上安迪的肩膀，在我面前肆無忌憚地高談闊論：「柏納，我奉勸你還是不要太相信

人類，不然你一定會後悔。尤其是這種面對敵人只懂得逃走的膽小鬼，若不是『時之刻』在他手上，我才不屑與這種人同行！」

逃走？我？苦苦思索了一會兒，我才想起先前向老人惡作劇時，我確實是取了雪蓮便掉頭就跑。他所指的該不會是這件事吧？

難道這個人希望我把老人痛打一頓再跑嗎⁉

安迪吃吃地笑道：「豹族可是超級好戰派喔！而且最不屑的就是不戰而逃。」

也就是說，我眞的是因爲沒有犯下毒打老人的惡行而被人瞧不起？還眞是冤枉！而且要論膽小的話，潔西嘉……

「潔西嘉可不是劍士喔！」聰慧的安迪輕易便看穿我的想法，笑著指了指我掛在腰間的劍。

或許我被人看不起的原因，是因爲我沒有把老人攔腰斬成兩截？

班森故意把話說得很大聲，我們的對話立時便吸引了所有人的注意。看到我被人公然挑釁，利馬只是挑挑眉，夏爾則是向我投以擔憂的視線。至於伊里亞德……

伊里亞德不知道什麼時候竟然又不見了！

多提亞則是微笑著往我們走來，雖然他的笑容優雅又溫煦，可我總有種大事不妙的預感。「維，別理他，這個人說話帶刺、性格乖戾，可證明他沒有女人緣。」

安迪立即「嗤」地笑了出來，就連膽小的潔西嘉以及穩重的柏納也一副想笑卻又不好意思笑的模樣。

拜託你們別挑這種時機來笑好不好!?而且多提亞你走過來搧風點火想要幹什麼？說話帶刺的……那個人不就是你嗎!?

「很好，我明白了。」黑髮男子卻意外地沒有發飆，只是從那沉重的低氣壓中依舊能感受到他的不悅。我有點驚訝地看向他，對方做出一個抹脖子的動作，我無言地再把視線轉回來。

這個冤仇似乎是結下了，而且很微妙地算到我頭上。

「班森！」看不過去的柏納警告地瞇起雙眼，看似孤傲難馴的班森，竟立即停止找碴的動作。看來眼前這位身爲首領的紅髮青年，在獸族中的地位或許比我所想像的還要高。「抱歉，班森總是這個樣子，可是他並沒有惡意。」

嗯……抹脖子這種動作原來沒有惡意嗎？不同的種族果然在文化上也是各有差

異！

「對了，你們還不知道通往石之崖的近路吧？」安迪笑了笑，「這條捷徑能省三分之二的路程，且只須路經一座小小的村落，就不用擔心會被守城的士兵發現我們的身分。只是或許會辛苦一點，因爲大半的路程都須露宿野外。」

「沒關係，那就……」

我的話還沒說完，這個提議便被多提亞否決。「不行。」

嗚……我就知道！

自從我不小心說溜嘴，被他們知曉先前在溫泉洗澡時曾不幸被卡萊爾碰上，還差點讓他走到溫泉裡一起泡、來個鴛鴦戲水什麼的，當時利馬與多提亞的表情說有多恐怖就有多恐怖。自此以後，他們便盡可能地趕路，以求能在入夜前到達下一個城鎮中投宿旅館。

「你剛才所說的村落，是艾略特村嗎？」不知爲何，夏爾忽然雙眼閃閃發亮、眼睛裡滿是興奮的光芒。「這段時間，那兒正好在舉行祭典，對吧？」

「祭典！」聽到這個代表熱鬧、玩樂以及喜慶的名詞，我立即轉向剛剛否決趕

路方案的多提亞。「我想去！」

「維，妳聽我說……」

「沒關係啦！我知道你在擔心什麼，我發誓這次絕對會小心謹慎！」我乾脆跑到多提亞面前，拚命搖晃他的身體懇求。看著他漸漸動搖的神情，看來答應也只是時間問題。

ch.3 受襲的村落

老實說，若不理會班森毫不隱藏的強烈敵意，以及總是藉故向我找碴的舉動，與獸族旅行實在是個很美好的體驗。

身具動物本能的他們，能敏銳察覺出天氣的變化，只憑空氣中細微的濕氣便能預測是否會下雨。憑他們這種「特技」，每每下雨前，我們早就躲在山洞或大樹下了，被淋得滿身雨水的狼狽模樣不再出現於旅途中。

至於狩獵方面，看起來一直沒什麼用處的潔西嘉，在捕獵時那靈敏的聽覺便發揮出強大的功用。任何風吹草動都瞞不了兔族的耳朵，輕易便能找到獵物。

出乎意料，小兔子的搭檔竟是那頭孤僻的黑豹。個性上可說完全相反的兩人，合作起來卻是驚人地契合。每當潔西嘉尋找到獵物的位置後，以速度見長的豹族便人影一閃，猶如一支射出的利箭般往少女指示的方向奔去，速度快得只能勉強看得見殘影。

結果每天我們只須耐心等待，看潔西嘉手一指，接著待衝出去的班森折返回來後便有飯吃了！

本來打獵的是他們，我們這幾個人類代表好歹也該負責烹飪吧？偏偏安迪的廚

藝卻高明得很，吃過他烤出來的鹿肉以後，我們再也吃不下自己燒的肉了……

好吧！煮飯也幫不上忙，生個火總可以吧？我們的隊伍中可是有名冒冒失失、卻還算很優秀的魔法師。怎料撿好柴枝回來的柏納隨手將之堆起以後，柴枝便神奇地自個兒燃燒了起來。

……潔西嘉他們的附帶能力就算了，可是柏納也太扯了吧？會有懂得放火的動物嗎？

很好！連魔法師也變得毫無用武之地，算你狠！

如此一來，我們人類頓時變成閒人組，只好閒閒躲到一邊納涼去了。

「哼！人類還真是無能的種族呢！」路過的班森趾高氣揚地不忘嘲諷我們一句。幾天下來，他的言語愈來愈不客氣，只要一脫離柏納的視線，便會對我們冷嘲熱諷，真氣人！

我正要反脣相譏，安迪卻正好拿著香噴噴的烤肉走過來。我怒目相向的神情立即很現實地融化了，抹抹差點流出來的口水，立即抛下班森，往安迪的方向衝去。

「是是是，你說得對，獸族最偉大了！」

「……」大概是不知道說什麼才好吧，背後的班森久久沒有反應，就連慣常的嘲諷也沒有出現。

心滿意足地吃著手中的烤肉，耳邊卻傳來對話聲：「那傢伙一向這個樣子嗎？完全看不出身爲戰士應有的氣魄！」

我愣了愣，這才想起放出來站崗的銀燕正好就在他們正上方的大樹上，難怪距離這麼遠也能聽得清楚別人在說我的壞話。聳聳肩，我不再理會，這可是機緣巧合下的偶然，可不是我有心偷聽啊！

「眞是狡猾的言論。」優雅動聽的嗓音忽然於腦中響起。

有正事要找她時總是不理我，卻愛在奇怪的時機出現搭話。有誰能告訴我，爲什麼我家的女神大人如此像個八卦的三姑六婆？

「不理會妳是因爲妳的問題都無趣得很。」對方理直氣壯地答道。

……女神大人，妳期待我的問題會多有趣？

噢！她又不回話了。

「小維一向都是這樣子的啦！無關身分地位，她與任何人都能輕鬆自在地打成

一片，我比較喜歡她這個樣子。以前在王城時，她經常勉強自己裝得很有教養，每次看到她裝模作樣，我都好想笑呢！」說罷，利馬便毫不客氣地大笑起來。

可惡！竟然敢笑我！利馬你給我小心一點！哼！

對於班森的無禮發言，多提亞這次沒有冷言相向，只是淡淡地道：「你只是不懂得她的強悍，維是很強的。」

就連夏爾也附和地點點頭，我的心頭頓時感到一陣溫暖。

被人信任以及認同的感覺眞不賴！

「是嗎？那還眞讓人期待。」冷笑著的班森顯然對眾人的話感到不以爲然，話裡滿是令人不悅的嘲諷。「只希望他不要讓我失望。」

「維斯特，你在發什麼呆？還在爲班森的態度不高興嗎？」安迪的嗓音拉回我的注意力。不小心聽得太專注，在他眼中，我大概是手握烤肉在發呆吧？

「呃……也不是啦……」總不能直說我在偷聽，我只能支支吾吾地回答。

大概是以爲我之所以心虛是因爲被說中心事，安迪笑著安慰我：「豹族的天性好戰又孤傲，何況班森所擁有的是稀有的黑豹血統，獸性更是比同族群的人凶猛。

還好尊崇強者的天性令他很聽柏納的話，這段旅程才不至弄出什麼亂子。本來我們同行中還有一名來自熊族的同伴，可是他對人類的成見太深，而且脾氣總是一發不可收拾，因此我們才沒有讓他一起出來。」

「熊族嗎？那必定是個大塊頭了。」我頓時想起不久前才一起旅行的志羅。

「對啊！維斯特你長得這麼纖瘦，他和你站在一起比較，足有你體型的一倍大呢！」

我吃驚地睜大雙目道：「有那麼巨大嗎？」我雖然長得纖瘦，可是以女生來說卻算是很修長了！他有我兩倍的體型……那不是比肌肉男志羅還要誇張嗎？

也難怪柏納會把他排除在同行的名單之中，這種巨人即使不鬧事，光是出現在人類的城鎮中，就會引起不小的騷動了。

「柏納很強嗎？」能令崇尚強者的班森這麼聽話，我對柏納的戰鬥力益發感到興趣。

「很強啊！他是獸族中最強的人。」安迪說這句話時，不難發現他的眼神中閃爍著崇拜以及驕傲的神色。

「他的獸體是什麼動物？」我還是忍不住把內心的疑問脫口而出。

狐族青年露出美麗的微笑，伸出手替我抹去臉上的油漬，「這個嘛……很抱歉我不能說，到達石之崖後你可以問他，那時他應該會願意對你說了吧？」

聽到安迪如此回答，我也就識趣地沒有再追問下去。反正我們總會到達石之崖的，就等到那時候再問好了！

□

十多天的路程無驚無險地過去了，這期間我與安迪馬上混得熟了，就連潔西嘉也開始不再那麼怕我；然而班森卻還是老樣子，總以看廢物般的眼神看著我們這群無所事事的人類，一開口就是讓人不悅的冷嘲熱諷。

至於柏納與大家的關係卻很微妙，也許是他那身強悍的王者氣息，又或許是由於班森他們的恭敬態度讓大家不敢造次，雖然柏納並沒有表現出任何驕矜之意，態度甚至還稱得上明理和善，可是眾人與他相處時下意識會築起一道牆，總覺得無法

與他親近。

很快地，一行人期待著的艾略特村已經遙遙在望，我們不自覺地加快腳步。雖說與獸族同行的旅途實在意外地舒適，可是終究比不上旅館的高床軟枕。經過了這麼久露宿野外的日子，旅館的睡床頓時變得非常有吸引力。

更何況艾略特村此刻還正逢一年一度的祭典，喜好熱鬧的我以及擁有小孩心性的夏爾，更是不甘落後地跑在最前頭，恨不得插翅飛去。

然而一看到村落的狀況，我們興奮至極的心情瞬間冷卻了下來。

「維，怎麼了？這是……」從後追上來的多提亞疑惑地往呆站於村莊入口的我們走來，詢問的話語卻在看到村內的慘況時猛然斷掉。沉默地站在我們身旁的他，看著滿地的血跡久久無法言語。

不久，其他同伴陸續來到，大家的反應如出一轍。沒人想得到映入眼簾的會是如此血腥又死寂的村落，與預期中熱鬧、歡樂的畫面實在差落太大，一時之間讓人難以接受。

柏納吁了口氣，二話不說便往村內走去，眾人這才如夢初醒般跟隨在他的身

後。那狀況看來就像跟在母雞尾後跑的小雞群，只是面對村莊的滿目瘡痍，我實在笑不出來。

受襲時村民們正在舉行祭典吧？看著村莊那些七彩繽紛的布置及滿街的攤子，便能感受到村民對於祭典有多期待。只可惜此刻美麗的裝飾都沾染上血色，攤子也被推得東倒西歪，玩偶及零碎的食物散得滿地都是。

相比於玩偶的數量，地上的食物相對顯得過於稀少，大概能吃的都被襲擊者奪走了吧？

觀察了村落的狀況後，我打破沉默，「我往山崖那邊找找看。」

兩名騎士長對望了一眼，都露出「果然如此」的苦笑，道：「那邊的可能性確實比較大。」

班森不滿地直嚷：「喂！你們這些人類在這種時候說什麼暗語？」

聰敏的狐族則是猜測道：「維斯特你想要去尋找那些攻擊村落的人？」

我搖搖頭道：「不，那個並不重要……」

班森立即「哈」地一聲冷笑了起來：「就知道你會這麼說，果然是個沒種的小

鬼！在這種偏僻的地方犯案，而且手段凶殘、目的又是食物，想必是這一帶的山賊土匪。這小子遇上了也只會掉頭落跑，又怎會主動去尋找他們？」

不理會班森的冷嘲熱諷，我自顧自地耐著性子解釋：「地上雖有血跡，可是卻沒有屍體。也就是說，村中至少沒有人即時斃命。我想那些村民大概是躲藏到隱密的地方了，我們必須在山賊找到他們之前先一步找到這些村民才行。相較之下，尋找攻擊者報仇這種事，我覺得就不那麼重要了。」

班森的冷言冷語頓時一窒，隨即又說：「我們獸族為什麼要管人類的死活？而且看那些山賊應該已經搶了不少食物，大概早就跑掉了吧？那些村民不管他們，餓到受不了的時候自然就會出來啦！」

我聳聳肩，無所謂地說道：「他們當中有傷者，而我們正好有能療傷的魔法師隨行。既然遇上事情，我就不能不管，有能力為什麼不幫忙？要是你不想加入我也不勉強，那便留在這兒等我們吧！」

「請讓我同行，我想獸族的靈敏度比人類高，在尋人方面會有所幫助。」班森還想說什麼，身為首領的柏納卻二話不說地自薦幫忙，頓時漂亮地讓黑豹閉上嘴。

雖然柏納給人的感覺有點難相處，但他眞是個好人！

與我們相處愉快的安迪與潔西嘉自是對幫忙沒有意見；而班森雖然滿臉不願，可是他敬愛的首領都下海來幫忙了，他總不好意思在柏納外出奔波時，自己卻無所事事地在納涼，因此最終還是臭著一張臉，加入了我們的尋人行列。

由於並不排除山賊仍未散去的可能性，因此我便放出銀燕，讓牠盤旋於我們上方偵察，小心謹慎一點總是好的。

「我們不用分一些人手返回森林視察嗎？說不定那些村民躲到森林中？」安迪心思細密地想到了另一個可能。

「不用啦！因爲小維覺得是在這邊嘛！」利馬回答得很乾脆。

「這句話的意思，我可以解釋爲這個人類與那些山賊是一夥的嗎？不然他怎會知道村民逃往哪個方向？」班森好像一天不奚落我便不舒服似地，而且反應之快，竟有進化的趨勢。

爲什麼硬要說我與山賊一夥這麼難聽的話呢？與村民一夥就不行嗎!?

「別小看小維的直覺，那可非常地準。」利馬的語氣怎樣看都像是在宣導神祕

宗教的可疑教徒。

「有多準？」想不到被勾起興趣的人竟是柏納……

沒有回頭，走在最前面的多提亞淡淡地笑著回答：「百分之百。」

「百分之百!?」班森驚訝地重複，看向我的眼神盡是懷疑，不用說也知道，他把我們的話當成吹牛了吧？

□

村落旁的山崖，地勢陡峭且布滿大大小小的洞穴，的確是個理想的藏匿點，只是如此一來卻苦了來尋人的我們。正考慮是否該分組搜索時，銀燕的視點卻捕捉到了可疑的一絲銀光。

是箭頭折射的光芒！

來不及示警，也來不及拔出腰間的劍，我想也沒想便全力往被箭頭指著的人奔去！

那瞬間，我可以發誓班森絕對是該死地誤以爲我向他發動攻擊！

以豹族特有的神速側過身體，男子以警戒的眼神緊盯著突然迎面衝去的我。這一刻我眞的很想破口大罵……

你躲我做什麼？避開那支箭呀白痴！

雖然他把身體側開了，可仍舊門戶大開地正面面對著持弓的敵人，即使能避開射中心臟的命運，但胸口被射中搞不好仍會造成無法挽回的傷勢。

本來打算衝過去把人撞開，偏偏某個搞不清狀況的白痴竟偏開了重心，這種狀況下我根本撞不走他，只好一咬牙猛地停下動作，改爲阻擋的動作。

「咻」地一聲，肩膀立即傳來陣陣劇痛，射向男子的箭頭改爲沒入我的肩膀。而同時間趕到對面的銀燕也不客氣地把尾部的羽毛化爲尖刺，狠狠刺向敵人。眞是痛死我了！但總比讓某個白痴被敵人正中紅心好，我如此安慰自己。

可是我卻忘記了，班森所站的位置正處於懸崖邊緣……

受到箭矢衝力及劇痛影響，步履不穩的我踉蹌地後退了幾步，卻一腳踏空，竟就這樣摔落懸崖之中！

由我起跑、中箭、踏空，幾個動作其實都只在數秒之間。到所有人能做出反應時，我已經墜下了懸崖。就在我想著自己小命休矣之際，班森做出了讓我誤以爲自己傷勢過重而產生出幻覺的一件事……

他竟尾隨我飛身往下跳！

班森攔腰把我抱住，把獸爪伸向崖邊想止住落勢。然而兩人的重量再加上下墜的衝力，獸爪無法緩衝我們的下墜之勢。瞬間，男子的手便變得傷痕累累，可是卻執拗地並沒有拋下我。

除了肩膀傷口傳來陣陣火燒般的痛楚外，我更感到體力正以驚人的速度消逝。這種狀況並不尋常，可是此刻我已經管不了那麼多，如何平安著陸才是最重要的！

往上看向夏爾，即使優異如他也無法在不詠唱咒文的狀況下即時使出大型魔法；而以我們之間的距離來看，小魔法又使不上力。就在少年想效法班森往下跳以拉近彼此距離之際，卻有人比他先一步跳了下來。

不同於利馬如血般的艷紅髮色，也不同於伊里亞德華麗的金紅，在模糊不清的視線中，我觸目所及的是亮麗的橘紅色，那是種溫暖炙熱的色彩，猶如燃燒著的橘

色火光。

下墜的離心力突然消失，一安心下來後，便發現身體的力量竟流逝得一絲不剩。意識逐漸飄移，隨之而來便是死寂的黑暗。

ch.4 屠龍

朦朧間我聽到倒抽口氣的聲音，低呼的嗓音聽來很驚訝：「王！她是女的！」隨即傳來的是個較爲沉穩的聲音。「現在不是說這些的時候，你按住她……我……拔走……」腦袋昏昏沉沉的，我聽不太清楚他們在說什麼，也沒有力氣睜開眼睛。忽然間，肩膀一陣劇痛，我下意識往後縮，想擺脫這強烈的痛楚，可是卻被一雙強而有力的手臂緊緊按住，動也不能動。

激烈掙扎馬上消耗掉我微弱的體力，很快地，我便在疼痛中再度不穩地睡去。

□

再次醒來時，首先便感到身下傳來了溫暖的體溫，還有稍微起伏卻仍算平穩的搖晃。

力氣回復了一點，頭腦也漸漸清醒了，我張開雙眼看看四周，這才驚覺自己正被班森揹在背上，走在前方的柏納維持高度警戒地四處張望，氣氛異常緊張。

呆呆看著前方柏納那因奔跑而跳動著的髮絲，回想在昏迷前一刻那滿目如火般

的橘紅，果然救了我們的人是獸化後的柏納！眞可惜當時我意識模糊，根本看不清楚對方的獸體是什麼，可惡！人家很好奇的說……

兩人奔跑的速度很快，可班森還是很小心地顧及了我的傷勢，沒有造成任何不適。想不到這個人閉上嘴巴不嘴賤時還挺體貼的。

忽然想起身上的箭傷，雖然肩膀上的傷並不是致命傷，可是他們也不至於不加理會……

低頭一看，我頓時臉都綠了。

我敢肯定多提亞看到我此刻的模樣一定會發飆！

衣服上的軟甲已被脫了下來，右肩傷口上的衣服也被撕下、當作包紮傷口的代用繃帶。不單一大片晶瑩雪白的肌膚露了出來，失去軟甲的遮掩後女子的身段同時一覽無遺。

動了動手想拍拍身下的人，卻發現身體仍使不上力，只好虛弱地開口說道：

「現在是怎麼了？有什麼東西在追我們嗎？」

之所以會這樣問，是因爲這過於緊綳的氣氛以及他們不停歇地奔跑，實在不像

閒時跑來練練腳力而已。

忽然有人在耳邊說話，我顯然把班森嚇到了，只見男子頓時全身繃緊，步伐也變得凌亂。

這連串的大動作拉扯到我的傷口，害我禁不住痛苦地低喘了聲。聽到我的呼痛，班森立即回復快速且平穩的步伐，我這才感受到先前他的步姿有多溫柔、多小心翼翼。

「妳醒了？」黑豹首度發言，便問了一句廢話。

「不，我正在睡覺，請勿打擾。」雖然知道對方看不見，但我還是在他背後丟了記大大的白眼。

沒有反脣相譏，班森的沉默很異常，這讓我不由得觀察起他的側臉。意外地發現對方那張孤傲的臉竟浮起一層淡淡的薄紅，表情怪異又有點彆扭。「妳別貼那麼近在我耳邊說話。」

「啊？」拜託！我現在整個人伏在你背上，不在耳邊說話還有第二個選項嗎？

也許是察覺出我的不以爲然，班森補充道：「不然我不排除跳給妳看。」

「……」好吧！雖然不明白他到底在介意什麼，可是人在背上身不由己，爲免傷患之軀在身下人的彈跳下變成重傷，我也只能乖乖地閉上嘴，狐疑地看著身旁快速變換著的景色。

可不可以找個人來告訴我，現在到底是什麼狀況？

「班森！這兒！」跑在前頭的柏納身影一閃，便閃身進一條岩石間的狹窄縫隙。見此，班森雙眼一亮，也連忙揹著我往狹縫裡躲。

我冷冷地撇撇嘴，偉大的豹族戰士不是不屑逃跑嗎？

就在我們躲進狹縫中沒多久，我終於看到大家到底在躲著什麼了！一頭長相猙獰的紅褐色巨龍，拍動巨大的翅膀在岩石間以高速飛行，銳利的尖齒怎麼看都絕對是肉食性生物。

還好這顯然把我們當作晚餐的飛龍並不精明，窮追不捨的牠越過狹縫後，便往我們剛才所走的路線直線飛去。

……對不起，是我錯了！很感謝揹著我逃跑的班森大人！

往狹縫裡走，盡頭是一個巨大的空間，青黃的草地頓時映入眼簾。大概是因爲

遠離陽光的關係，野草生長得並不好，既疏落又枯黃。

班森小心翼翼地把我放下，我立即疲乏地坐倒在這還算軟柔的草皮上。身體很燙，大概是發燒了。即使如此，這種強烈的疲憊感還是相當異常，而且經過處理的傷口竟然依舊在流血，過了這麼久早應該止住了才對。

還好包紮傷口的布條纏得緊實，因此出血量並不多。若一直保持著拔箭時的血流如注，我此刻大概已經變成一具醜醜的乾屍了。

這麼低頭一看，我這才發現由於右肩的衣服都被扯破的關係，變得相當寬闊的衣領因我的動作而曝露出一片胸前春光。我慢慢地、面無表情地抬頭，注視兩名顯得很尷尬、有點心虛，雙眼也不知道該放在哪兒才好的男子。

我噗哧一笑，道：「你們可別讓利馬與多提亞知道喔！不然那兩人說不定會宰了你們！」

總是一臉英明的柏納難得露出有點呆滯的表情道：「妳沒有生氣？」

我眨眨眼，打趣地說道：「生氣你們替我包紮？害我的血沒有流乾、做不成乾屍嗎？」

柏納深深地看了我一眼，笑道：「有人告訴過妳嗎？妳是個很可愛的女人。」

不及首領坦率的班森則是嘀咕道：「不，還是個討厭的人類，但是沒有其他女人的小心眼及大驚小怪倒是真的。」

不理會班森的彆扭發言，我指指肩膀的傷口，再指指紅龍掠過的位置，嘆了口氣道：「現在可以向我解釋一下，這到底是怎麼一回事嗎？」

「射中妳的箭，箭頭上似乎抹有毒素，還好不是什麼見血封喉的劇毒。看傷口的狀況，應是些會令傷者血流不止且快速流失體力的藥。這是很常見的毒箭，獵戶大多會於狩獵時使用，讓被射中的獵物沒有力氣逃跑太遠。」柏納從善如流地解釋：「可惜我身上的雪蓮交由安迪保管，至於妳的……既然並不危及性命，我們便先替妳做緊急包紮來抑制出血量。」

雖然柏納沒有把句尾的話說得明白，但我也不難猜到他在顧忌什麼，而沒有替我取出雪蓮。解開傷口上的布條，我從胸前的小口袋取出雪蓮的花瓣，按在血流不止的傷口上。很快地，雪白的花瓣便變成淡淡的灰黑色，同時很神奇地，傷口開始止血了。

「把花瓣放在冰凍的水上冷卻，這些毒素便會從雪蓮中排走，到時這花瓣便可以再度使用。」柏納示意我把變黑了的花瓣收起，而班森則默默地替我用布條重新包紮傷口。

「謝謝。」男子聞言愣了愣，有點不自在地應了聲。這大概是認識至今我與班森最和諧的應對了吧？

「至於那頭巨龍，似乎是原本就居住在這座山谷中的生物，也許是威脅到人類的安危，因而被人以巨大的魔法陣封印在山崖下。」看到我們兩人的互動，柏納露出淡淡的笑容，一身悍然的氣息也因這個笑容而淡化不少，他似乎沒有我想像中的難以親近。「也由於這個封印，我無法變化出獸體把大家帶離這處崖底。」

直直地看著這名獸人團體的首領，當時我確實在山谷上看過小鳥從崖底下飛了上來，也就是說，一般動物是不受封印影響的。這個魔法陣大概是設定為「能進卻不能出」，而且目標是巨龍這種充滿魔力及危險性的凶猛古生物。

與巨龍般受到封印的束縛，柏納的獸體似乎比我想像中更強大、更危險得多。

「因此，現在就是妳看到的狀況啦！」抓抓漆黑的短髮，班森的話裡帶有明顯

的煩躁。「這崖底除了偶爾飛下來的小鳥外，便沒什麼好東西給那飛龍吃，那傢伙根本就是餓龍一頭，一看到我們就發瘋般窮追不捨。」

呃……我大概可以想像……

還好我們隊伍中有夏爾這名魔法師，如果運氣好，少年也許會察覺出封印並且破解它，那麼柏納就可以變回獸體把我們帶上去了。

前提是，在此之前我們必須留在這兒與飢餓的巨龍玩躲貓貓。

站起來活動一下筋骨，解毒以後體力慢慢恢復了，可是離完全恢復還有一大段距離。畢竟有傷在身且還發著燒，動作終究無法如傷前般靈活。即使如此，我還是默默調度著身體狀況，也許無法威猛地殺敵，但至少不想成爲大家的負擔。

可是身體狀況似乎比我想像中糟糕，雖然沒有傷及要害，但受傷的卻偏偏是右肩。右手是我握劍的慣用手，如此一來根本無法使力，只能改以不習慣使用的左手來握劍。

看到我的動作，班森一臉欲言又止，最後還是彆扭地說道：「別做多餘的事情

了！反正我們本就不期待軟弱的人類能有什麼表現。」

柏納也出言勸阻：「那頭巨龍我們會想辦法的。維斯特妳別想那麼多，只要好好養傷就可以。」

感受到兩人真摯的關心，我不禁愉悅地泛起傻傻的笑容。這是不是代表著，身為討厭人類的獸族的他們，開始慢慢接納我這名人類同伴了呢？

忽然柏納神色一凜，班森也在瞬間變化出一雙獸爪。看他們那麼緊張，我也知道事情不對了，急忙把劍握在手裡。

隨即飛龍的巨吼響徹天際，岩石因猛烈的衝擊而紛紛潰落，以能撕裂萬物的巨爪撐開缺口，赤龍大半副身軀瞬間便闖入我們所在的空地！

失血過多而步履不穩的我以人身安全為前提，握著劍盡量靠在班森他們附近，心想要是有個萬一也比較好找人來救我。

但就在眨眼間，我身前的肉盾突然不見了！

瞬間便出現在飛龍身前的班森，趁著巨龍仍卡在岩石間無法進退，銳利的獸爪猛擊敵方的頭部。即使飛龍有著盔甲般的堅硬龍鱗，在重擊下卻依舊痛得發出巨大的嘶吼聲。

以驚歎的眼神看著班森卑鄙，不！聰明的偷襲……呃……應該是攻擊才對，豹族不愧是速度超凡的種族，就連一向以速度見稱的我，一時間眼睛竟也追不上，只看得見對方殘影。

後至的我與柏納也不約而同地以龍首作爲目標發動攻擊，在赤龍的激烈掙扎下，上方的岩石被衝擊得紛紛落下。同時要閃避落石以及巨龍瘋狂舞動的利齒，速度不足的我以及柏納只能暫時狼狽地退回來，只剩下敏捷度驚人的班森仍舊堅持於最前線。

可是飛龍不愧是皮粗肉厚的生物，雖然被班森刺得吼聲連連，但實際上對牠造成的傷害並不大，而且仔細一看……

我掩嘴驚呼：「柏納！班森的手……」

那雙在摔落懸崖時試圖緩衝落勢的獸爪早就傷痕累累，此刻還要擊向堅硬的龍鱗，一雙利爪早已變得血肉模糊，我光看就覺得痛爆了！

柏納叫我不要勉強自己，這句話應該跟班森說才對吧!?

不再猶疑，我把劍轉至慣用的右手。肩膀上的傷勢也許會讓我無法支撐太久，可是至少可以稍微舒緩班森的燃眉之急。

以稍慢於平常的速度衝前，轉換使劍的手之後，果然重心的平衡感便回來了。我閃過不斷落下的岩石，強忍著再度撕裂的傷口傳出的陣陣劇痛，俐落地揮劍格開擊向男子背部的利爪。

經過剛才的猛烈掙扎，赤龍的一雙前爪已經重獲自由，戰況頓時變得益發吃緊。從肩膀流下來的血液害我握不穩劍，只好暫時後退，扯下包裹傷口的布將手掌與劍柄綁在一起，在手背上打了個緊緊的死結，我便再度投身戰場。

班森看到我後竟然不是感動落淚，而是劈頭罵道：「快點退回去！我不是說過不用人類來多管閒事了嗎!?」

「不要。」不再與對方廢話，我乾脆躍上龍首，發狠用上全身力量把劍往下壓刺過去，卻懊惱地發現只能刺進三寸左右。雖能讓飛龍的頭頂出現一道小型的紅色噴泉，實在令人暗爽一把，可是還是無法對牠造成致命的傷勢。

一直在旁伺機而動的柏納忽然衝前，看準對方正好低下頭來的時機，以獸爪直擊飛龍的左眼！

這顯然是開戰以來我們對飛龍造成的最大傷害，巨龍也發出了最慘痛的叫聲。

看到柏納的攻擊奏效，班森便想依樣畫葫蘆地攻擊飛龍右眼。然而就在他走在龍首正前方，想繞到飛龍右邊時，我卻看到一大堆發出鮮紅光芒的魔法元素，正快速往巨龍那張血盆大口處聚集……

「班森！快躲開！」不祥的預感湧現，雖然不知飛龍想做什麼，可是我還是立即出聲示警。

就在班森倉促間往一旁避開的同時，龍口竟噴出熾熱的火焰，直把我們身後那片枯黃的草地燒成灰燼！

還好班森選擇相信我那突如其來的警告，並且立即迴避，不然此刻他已經被轟得只剩下一個燒焦的黑影了。

下一秒，大量的魔法元素再度往龍口聚集過去，我連忙跳下龍首拉開柏納，果然，被刺盲左眼而氣瘋了的飛龍再也不理會身旁的岩層，毫無顧忌的攻擊盡數往站

在岩邊的敵人瘋狂射去。

又是一股猛烈的火焰噴出，卡住巨龍身體的岩石被打落一大半，巨大的落石直擊飛龍身上，壓得巨龍發出震耳欲聾的嘶吼。

眼看飛龍發瘋似地四處噴出火焰，我心念一動，便放出在我失去意識以後自動變回月亮石的小銀燕，並且緊盯著飛龍唯一的弱點——脆弱的右眼。

不知道銀燕的麻醉針用於飛龍是否一樣具有效力？

「有，但鑒於飛龍的巨大體型，預計麻醉效果只能維持半小時。」輕柔的嗓音毫無緊張感地徐徐於腦中響起。

聞言我心裡一喜，半小時已經夠了！

靈巧地避開連綿不斷的落石，銀燕銳利的尾巴成功沒入飛龍眼中。下一秒幾乎已經掙扎出岩石束縛的巨龍便轟然倒地，身軀正好被落下來的巨大岩石掩沒。

ch.5 脱困

一時間我們都沒有動作，只是靜靜看著巨龍就這樣被自己打落的岩石覆蓋，那還真是沒人料想得到的戲劇性落幕。

忽然感到空氣裡傳來奇異的流動，接著，半空中形成法陣形態的魔法元素閃爍著迷幻的光芒，然後便四散地消失無蹤。見狀，我轉向看不見元素的柏納，提議道：「現在飛龍死了，說不定那個封印崖底的魔法陣已經失效，我們不如再試一次吧！」

不客氣地以帶有審視的眼神緊盯著我良久，班森敏銳地詢問道：「那個時候妳怎知飛龍會噴出火焰？」

「直覺吧！」我笑了笑，沒說出自己能看見魔法元素的事，避重就輕地回答：「多提亞不是曾說過嗎，我的直覺準確度可是百分之百喔！」

也不知道男子是否相信我說的話，不過他在注視我一眼後，便沒有繼續追問相關的問題了。

「說要上去，妳不用先處理一下嗎？」不再於魔法元素的問題上糾纏不清，班森皺起眉往我身上指了指。

對喔！我都忘了！

看著那身因剛才的戰鬥而暴露出更多肌膚的破爛衣服，我很乾脆地向班森伸出手道：「把上衣借我。」

然而男子聞言卻只是挑挑眉，完全沒有脫下衣服的打算。竟然這樣也不肯借我，真是沒風度的男人！

「妳確定妳的同伴看到妳穿著我的衣服，事情不會變得更加糟糕嗎？」班森的一句話，成功打斷我那想要改向柏納借衣服的行動。

班森狀似受不了我似地嘆了口氣，走到我面前替我解下束住劍柄的布條，一邊沒好氣地說：「而且誰理會妳的衣著了？我叫妳處理的是這礙眼的傷口。」雖然對方說話的語調真的很氣人，可是不可否認，他的包紮技術高超，兩三下便讓肩膀上的傷口止血了。

在男子替我包紮的時候，我苦惱地低頭看著身上幾乎可說是衣不蔽體的破爛衣服，總不能真的以這副模樣上去吧？我忽然靈光一閃，想起那個每次偷雞摸狗時必備的好搭檔……

「若妳指的是銀燕，很遺憾，牠的功能並不包括當衣物。」

不是啦！

我從褲子口袋中扯出一件深黑色斗篷，還好這出自宮廷裁縫師之手的斗篷薄而輕巧，能放在衣袋中隨身攜帶，不然沒有它我還眞的無計可施。雖然細心一想，以斗篷作外衣實在有點……可是總比穿著其他男性的衣物回去要好。

「謝謝。」看到班森已包紮完畢卻沒有退開，我道了聲謝便想把手臂收回去。然而男子卻按住我的手臂不讓我後退，並以若有所思的神情直直盯著我看。

有點奇怪地抬頭看向對方那雙銳利的獸瞳，這才察覺班森的臉竟變得愈來愈近。慌忙想要退開，對方卻加重了按住我的力道，雖然他控制著力量沒弄痛我，卻也讓我無法掙脫。

我瞇起眼睛，打定主意若班森想做出什麼無禮的舉動，我便舉腳廢了他！然而男子只是輕輕地將額頭貼上我的前額，並且維持這親密的姿勢好一會兒，距離近得我都感覺得到對方的呼吸，這讓我既疑惑卻又有點不好意思。

「妳發燒了。」總算願意退開的班森，得出了這麼一個結論。不知爲何，我忽然有點想揍人……

一般不是都用手掌來測量體溫嗎？你貼這麼近做什麼？害我嚇了一跳，可惡！

我無所謂地說道：「大概是傷口發炎引起的低燒吧？休息過後自然會好。」

班森皺起眉還想說什麼，看不過去的柏納無奈地下令：「班森，閉上眼睛轉身背對維斯特，在她說『可以』前不能回頭。」

顯然滿腹疑團，但班森沒有多問便聽話照辦。看到男子乖乖地轉身以後，柏納也同樣地轉過身去，我連忙趁這時脫下那身破爛的衣服，並把斗篷覆上。

「可以轉回來了。」班森一轉身，便被貼近他背後而立的我嚇了一跳。露出報復性的笑容，我二話不說便拉起他那雙傷痕累累的手包紮起來。獸族的恢復能力比人類強得多，先前血肉模糊的手已經自動止血結痂，但還是包紮一下比較好吧。

對於我的舉動，男子似乎有點意外，卻沒拒絕，乖乖地讓我把他的手包成饅頭般的奇異形狀，然後更拖拖拉拉地說了聲謝謝。

看大家準備就緒，柏納便示意我們遠離他一點，然後站在燒焦草地上的男子輕閉雙目，我總算有幸目睹獸族由人形獸化的整個過程。

最先有變化的，卻不是柏納本身，而是那片變成了焦炭的草地。漆黑的粉末中開始長出嫩芽，然後雜草以驚人的速度生長，很快地，被飛龍火焰燃燒殆盡的草地，便恢復成原本面貌。

我目瞪口呆地看著這神奇的一幕。

雖說「野火燒不盡，春風吹又生」，但也未免生得太快了吧？

隨著草地的異常生長，柏納的身影瞬間膨脹起來，亮麗而溫暖的橘紅佔滿我的視線，一如當初我在昏迷前所見到的美麗色彩。

我已經無法用任何言語來表達內心的震撼。

艷麗的長尾、一身如火般的橘紅羽毛，巨大的羽翼伸展開時不遜於飛龍的翅膀，優美而細長的脖子，以及那雙妖異的金色眼眸……見鬼！柏納的眸子不是毫不起眼的黑褐色嗎!?

而他的獸體……竟是傳說中擁有起死回生能力的火鳥！

「上來吧！」幻化成火鳥的柏納與人類型態時不同，說話的聲音直接在我們腦裡迴響，有點像女神說話時的感覺。

只是相比柏納獸體所帶來的震撼，我卻更執著於奇怪的「那件事」上。「你的衣服呢？」體型與人類型態相差那麼多，爲什麼不見地上留有撐破的衣服痕跡？

「白痴！野獸也有獸毛吧？」班森不屑地說。

我以不可思議的目光盯住那美麗的橘紅色羽毛。原來這也兼顧衣服，不只是頭髮而已嗎？

我不禁驚叫：「也就是說你們的衣服是不能脫下來的!?」既然衣服代表毛皮，那麼脫下來不就代表……

強制脫皮？

「火鳥的復元能力很強，也許可以。」柏納很認眞地回答。

「……」柏納，你確定這句話是認眞的？不是開玩笑？

等等！那他們是怎樣洗澡的？連著衣服一起洗嗎？

獸族果眞是個神祕的種族。

想不到在我有生之年竟有機會騎乘在傳說中的火鳥背上，實在非常興奮。戰戰

兢兢地爬上伏於地面的柏納背部，那看起來像熾熱無比的橘紅色羽毛，竟還真的帶有些許的溫度，柔和又舒服，而且，我竟發現肩上的傷口變得沒有先前那麼痛了。

我開始明白那本來早已燒燬的草地為何會於瞬間重生。

當我們到達魔法陣消散的高度時，柏納二人明顯表現得很緊張。雖然當時我昏迷不醒、沒有意識，但光看他們的反應，也知道這就是讓柏納強制變回人形時的位置。

感受到班森無言地移近我身邊，大概想在柏納萬一真的變回人類時好保護我，免得我這個軟弱無力的人類就這樣子摔死了吧？

回首向身後的男子感激一笑，被看穿意圖的班森尷尬地移開視線，但仍沒有鬆懈全身的警戒。而柏納顯然也有同樣的顧忌，小心翼翼地拍動翅膀，試探著緩緩提升高度。

直至完全超越了阻擋火鳥的封印點，柏納才發出歡呼似的鳴叫，高速往懸崖上方飛去。

由爬上火鳥的背部直到再次腳踏實地，只是數十秒內的事，我側頭凝望已經變回人類型態的柏納。想不到除了恢復能力外，火鳥的飛行速度竟如此之快，這點實在也該加進傳說裡才對。

「維！」遠處傳來熟悉的聲音，只是那素來溫和穩重的嗓音，卻少見地夾雜著藏不住的慌亂與迫切。只見多提亞毫不猶疑地往我所在的方向奔過來，一向注重禮節的他竟當眾一把把我扯進懷中，並且緊緊抱住。

「多提亞？」我戰戰兢兢地小聲喚了聲，對方抱著我的力道隨即緊了一緊。這還是我第一次看到多提亞表現出如此激烈的情緒，甚至在緊貼的體溫中，還能感覺到對方強烈的心跳聲。

果然還是讓大家擔心了，可是我卻壞心眼地因他的方寸大亂暗自竊喜。

被多提亞抱在懷裡的我，只能看到對方胸前的衣服，耳邊傳來陣陣的腳步聲，甚至還有利馬吹口哨的聲音。我把頭壓在對方胸膛上，隔著衣料的笑聲悶悶地傳出來：「我回來了。」

在我主動投懷送抱的那一刻，多提亞明顯僵了僵，但在重逢的喜悅下，對方並

沒有煞風景地推開我。感受著輕柔的力道撫上我的髮絲，多提亞也輕輕地笑了道：

「歡迎回來。」

伏在男子的懷裡閉上眼睛，我感受著對方胸口那因笑聲而產生的微弱震動，這讓我回想起與多提亞的初次相遇……

那年小小的我年僅四歲，卻已是個關不住的野孩子。在挑戰人生首次逃家的經驗時，被卡在城牆洞穴中無法進退的我，抬頭第一眼看見的，便是一雙帶著訝異的祖母綠眼眸。

那是個長得優雅漂亮、衣著華麗的貴族少年，年紀輕輕卻已經有著同齡孩子所沒有的溫柔穩重。尷尬地卡在洞穴中與對方對望良久，就在我以為這少年會大聲呼喚士兵過來，又或是會指著我的鼻子大笑時，對方卻蹲下身子，並且向我露出友善的微笑道：「嗨，我叫多提亞，妳呢？」

那是溫暖而輕快的笑容，於是當年天真無邪的我也就不自覺地報以真實姓名。

「西維亞。」

話一說出口，我便知道糟糕了！若這樣子對方還猜不出這個卡在城堡圍牆內的野丫頭是菲利克斯帝國的四公主，那麼他必定是個笨蛋！

果然，一聽到我的名字，少年便皺起那雙秀氣的眉，就在我心想：「死定了！這次他一定會喚人過來了吧？」時，對方卻忽然伸出手，技巧地一拉，我便從狹窄的洞穴中被拯救出來了。

「殿下若想逛逛王城街道，請務必讓我同行。」將我輕輕放下，名為多提亞的少年柔聲地提出請求。

我抬頭盯住笑得溫和的少年，滿臉不可置信——這個人沒有阻止我。

於是兩名裝扮一看就知道非富則貴的孩子，便堂而皇之地遊走於街頭小巷中。我注意到，每當人潮擁擠時，多提亞便會把我高高抱起，小心翼翼地不讓別人撞到我；看到我喜歡吃的東西便會買下，即使他根本就不好甜食。

對方的一切舉動如此自然，並不像那些明顯想討好我的貴族，即使只是替我撿回手帕，也要自吹自擂一番。眼前的少年只是把我當作一般小孩子來照顧，並沒有那些讓人生厭的意圖。即使與那些勢利的人同為貴族，但這少年卻擁有一顆細膩、

體貼的心。

就在我們一大一小兩個孩子玩得不亦樂乎之際，一群可疑的身影逐漸收窄包圍網，當我發現時，大街上只剩下六個手握長劍、獰笑著說要綁架我們，好向父母換取贖金的男人。

叮囑我貼牆而立不要走開，少年也同時拔出腰間的劍，臉上卻不見絲毫驚惶。然後我便看見了，那掛於劍柄上、刻有象徵光明與自由的紫色鳶尾。

優雅又美麗的花朵，這個少年……多提亞他是……

那是帝多家獨一無二的家徽，我曾聽老師說過，也曾看過其他帝多家族的人把家徽別在衣領上，但卻是首次看見這紫色花朵穿梭於劍光中飛舞的樣子。

很快地，少年便把那些歹徒全部打倒，見此我一個箭步衝前，伸手拉住多提亞漆黑的長髮。

少年按著發痛的頭皮，低下頭、充滿疑問地看向我。

「多提亞，你的姓氏是什麼？」

少年緩緩揚起一個溫和卻略帶惡作劇的笑容。「帝多。多提亞．帝多。」

「等等！你口中的帝多和我所想的那個帝多是同樣的嗎？」

多提亞挑挑眉道：「不然呢？整個菲利克斯帝國也只有一個家族擁有這個姓氏吧？」

果然，多提亞確實如我猜想般，來自那個對國家有著深遠影響力、背景相當不凡的家族！

因爲這段受襲的小插曲，多提亞不得不向城堡匯報我的情況。我還清楚記得，收到消息後第一個趕來的就是帝多家的長子，多提亞的大哥——卡利安。領著一大堆隨從，趾高氣揚的他一出現，便甩了少年一巴掌，然後卻被我報復地往他的小腿骨上狠狠踢去。我想我與這傢伙的梁子也許在那時候就已經結下了吧。

討厭貴族的我，就這樣黏上了多提亞。愛上劍術多少也是受到對方的影響，因爲當年以一人之力擊敗六名強盜的他實在太帥氣了嘛！

經過多年，當年的少年已經長大，並且變得更加內斂沉著，這讓我開始覺得兩人之間產生了一種隔閡與疏離感。可是今天看到他毫不掩飾的關懷與擔憂，我才驚覺多提亞根本就沒變，到最終仍是那個包容我胡鬧、溫柔地守護，並給予我自由的

人。

對於我無微不至的溫柔，甚至會讓我覺得已超出了騎士對公主的忠誠，也不是朋友的情誼以及對妹妹的寵溺，而似乎是更深、另一種以他的身分及立場無法說出口的情感……

ch.6 哭笑不得的真相

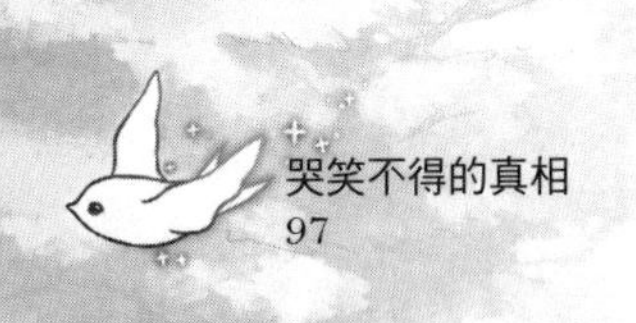

「維，妳為什麼要披上斗篷？」多提亞的疑問令我全身一僵，什麼溫馨的回憶瞬間都被踢到天邊，此刻還是安然度過眼前的難關要緊。

在這生死關頭，女神竟還有心情幸災樂禍。「因為她裡面什麼也沒穿啊！」

噢！閉嘴！

見我不說話，與我一起墜崖的柏納及班森更是一副心虛的表情，多提亞忽然神色一變，道：「維，妳是在遮掩當時的箭傷嗎？他們沒有替妳包紮!?」

「不是啦！雖然因崖下的封印而耽誤了一些時間，可是柏納已替我治好了。」我連忙澄清火鳥的清白。

顯然不太相信我的申辯，多提亞皺起眉，然後笑著道：「那麼請維妳把斗篷脫下來，也好讓我能安心。」

不要吧……多提亞你真的要看嗎？斗篷下沒有傷口，卻有更驚悚的真相呀！

拖拖拉拉地把手放在斗篷上，就是不肯把它脫下來，有時候我真的恨死了多提亞的精明！

誰都可以！快點救救我吧！

「明白。」輕柔的女聲響起，下一秒，多提亞便像失去所有力氣般往前倒去。

我及時衝向前勉強支撐著對方，多提亞這才免於直接摔在地上。看著偷襲的銀燕再度變回手鐲上的月亮石，我無言了。

女神大人，您確定是想要解決事情，而不是把事情複雜化嗎？

夏爾與利馬顯然猜出是怎麼一回事了，有點責怪地看向我，而我也只能低頭默默認罪。然而不明就裡的獸族一行人卻是被多提亞嚇了一大跳，頓時圍過來詢問青年的狀況。

「哈哈！我想他是貧血啦！對！多提亞偶爾會貧血昏倒！」胡亂拗了一個爛理由，還不想被獸族知曉銀鳥存在的我，只能尷尬地乾笑幾聲。

傻笑過後，我想起大家進入這座山谷的原因。「對了！這段時間裡，你們找到那些村民了沒？還有攻擊村落、向我們發動攻擊的山賊？」若說先前想要消滅那些山賊是替天行道，現在便是私怨了。

雖然在火鳥的光芒照耀過後，傷口已經癒合得連疤都沒有留下，可是眞的很痛耶！

「呃……那個……我們回村落安置好多提亞後再向妳解釋吧！」扛起昏迷不醒的搭檔，利馬的反應不知爲何變得有點奇怪，就連夏爾的笑容也變得有些僵硬……

看到利馬的神情，總覺得這個問題的眞相會令既中箭又摔落懸崖、還被龍追的我徹底抓狂……

□

再次回到了艾略特村，當初看到的滿地血跡已被人清理過了，而村裡的氣氛也不再冷清。雖然不知道爲什麼街上還是一個行人也沒有，可是徐徐升起的炊煙以及細碎的交談聲，仍舊讓我感覺得出村民已經回來了，只是不知道爲什麼全都躲在屋內？

在安迪眼神的示意下，我打開一間木屋的門，觸目所及竟是一個身穿浴袍的美男子！

艷麗的金紅髮絲仍滴著水珠，寬鬆的浴袍根本沒有穿好，露出一大片精瘦的胸腔以及優美的線條，懶慵又性感。對方甚至手握看起來相當名貴的葡萄酒（哪來的酒呀？），嘴角勾起一個迷人的笑容，道：「歡迎回來，小貓咪。」

我立即嚇得以零點一秒的極速把門關上——用摔的。

「哈哈哈！我不小心走錯間了。」身後的同伴無言地看著這一幕。

把多提亞扛在肩上的利馬很豪邁地一腳踢開木門，人還沒進去便已破口大罵：「伊里亞德！說過多少次別隨意進別人的房子！」

原來不是跑錯地方嗎？

「呵！我可是在獲得屋主的同意下光明正大進來的。」面對利馬的怒氣絲毫不見退縮的團長大人，愜意又悠然地舉了舉酒杯道：「這兒的特產，要嚐嚐嗎？」

「要！」二話不說便把肩上的多提亞往睡床摔下，雖然睡床看起來還算柔軟，可還是發出了好大的聲響。重酒輕友的利馬瞬間便被對方收買，大剌剌喝起酒來。

「伊里亞德，你怎會在這兒？而且這段時間你到哪裡去了？」雖然已經習慣了男子的神出鬼沒，但如此飄忽的行蹤還是讓我感到相當好奇。

搖搖酒杯裡的葡萄酒，伊里亞德卻笑道：「在我回答妳的問題以前，小貓咪還

是先換件衣服吧！不然我會誤以爲妳在向我提出邀請喔！」

我瞪著笑得很欠揍的男人，我這身衣著如果算是暴露的話，那你的浴袍裝扮不就……等等！他怎會知道我的斗篷底下沒穿衣服!?

彷彿透視了我的想法，伊里亞德舉起酒杯，笑道：「經驗之談。」

有瞬間我想要問他是什麼經驗，不過還是算了……

有些事還是永遠不要知道得好。

看到當時掉落的行裝安然無恙地放於房間角落，我這才總算鬆了口氣。換過衣服後，我便緊盯著伊里亞德，這次無論如何也要他好好把失蹤期間發生的事情交代清楚！

團長大人這次倒也爽快，並沒藉此特意留難又或是耍著我玩。「這個嘛！因爲要去石之崖的話，以你們的個性想必會路過正在舉行祭典的艾略特村，對吧？正好想起最近『創神』的任務中，有個關於這座村子驅逐山賊的委託，而且我與這個地方也有點因緣，因此便決定先過來瞧瞧了。」

「因緣？」我歪了歪頭。

「你們不是在崖底吃足了苦頭嗎？那個封印巨龍的魔法陣可是『創神』的傑作喔！」男子輕輕一笑，隨即伸手抖落髮邊的水珠，連串的動作輕佻又惑人。「真是令人懷念，當年我們一行人還因此被村民奉為滅龍英雄呢！」

我頓時默然不語。

並不是因為封印令我吃了不少苦頭而生氣，我之所以沉默，是因為想起在火鳥背上所看見的東西。

越過魔法陣的瞬間，我看見崖壁上那一閃而過的石刻。只有文字的魔法陣、雜亂無章的結構、看起來像隨意的塗鴉，這種石刻我曾見過，因為不久前我們才在一個滿布了這種石刻的古神殿中與精靈玩躲貓貓，甚至還進行了死靈的生態觀察。

這令我不由得沉思起來，難道以這種石刻型態的特殊魔法，將強大靈體封印於古神殿的人，正是「創神」的團員嗎？

我緩緩地把視線筆直移向直對著我微笑的伊里亞德。

還是說，這些石刻其實是出自這個人之手？

雖然伊里亞德一向以劍士自居，自始自終都是一副不懂魔法的樣子。可是我知

道至少他曾使出過一次簡單的小法術——

改變髮色的魔法。

不過，此刻我並沒有把這些話問出口，我相信伊里亞德的承諾，在他認爲「可以」的時候，便會主動把這些事情告訴我吧？

於是，石刻的問題便先被我略過。「因此你便先過來消滅那些山賊，好以『創神』的名義完成村民的委託嗎？」想不到平常雖是那副樣子，但身爲團長的他其實還滿可靠的。

「當然，村子的英雄第二次來訪，必定有不少漂亮的小姐會聞風而來吧？何況只要一想到達倫在派團員出任務後，才發現山賊已經被自家團長全數消滅的消息，他的表情必定會相當有可看性，一想到這，我就更加有幹勁了。」伊里亞德下一秒所說的話，瞬間便把我先前的感動盡數推翻。「然後維斯特妳便會發現我的體貼與優點，從而向我投懷送抱了吧？」

「……」姑且不論那惡劣的動機以及莫名的自信，這個奇妙的結論到底是怎麼得出來的!?

大概是受不了伊里亞德從沒間斷地向我做出心理上的性騷擾（又或許是因爲手中的葡萄酒剛好喝完？），利馬用自己的身體擋住團長往我身上投過來的視線，然後更乾脆地取代了男子的位置向我解釋起來：「別聽他說得這麼威風，結果這個沒用的團長還不是來遲了一步，讓村民受到盜賊的襲擊？我們來到艾略特村時，正好就是伊里亞德追捕山賊的時候，因此便彼此錯過了。」

「後來維妳中了箭，還三人一起墜下懸崖，眞是把大家都急死了！還好柏納救你們時洩露了他的獸體竟是擁有重生之力的火鳥，我們這才安心了點。」一旁的夏爾也不禁插話。

「原來如此，事情的經過我大致明白了。於是在崖邊等待的你們便遇上了伊里亞德，也因爲團長這個曾經封印巨龍的英雄的關係而獲得了……」我環視了一下這間木屋，在這簡樸的村落中，這已經是最好的一棟房子了。「這個休息場所？」

「嗯……其實……也不單是這個原因啦……」不知爲何，利馬再次變得吞吞吐吐起來：「最大的原因是因爲村民想要向妳賠罪吧？」

賠罪？

我的腦海瞬間閃過進入艾略特村之後的片段。

村落受到攻擊，村民們全都躲藏起來。

山崖上出現的神祕人影。

射向我們的獵戶用來狩獵的毒箭。

難道……

「眞聰明！猜到了吧！」放下變得空空如也的酒杯，伊里亞德欣賞著我那益發變得複雜的表情。

「其實當時我就已經覺得很納悶，若是眞正的山賊，使出的會是見血封喉的毒箭吧？只是他們爲什麼攻擊班森？」雖然如此詢問，然而答案其實我也心裡有數。

無奈地扶著額角，想不到攻擊我們的人，竟然就是艾略特村的村民。

「誰教他正好在村落受到襲擊時出現，又正好從村落追至山崖，再正好一臉殺氣騰騰地手握武器呢？」伊里亞德攤攤手，幸災樂禍地說：「在不適當的時機出現在不適當的地方，也難怪別人會把你們誤認爲山賊一夥了。」

我只能無奈地苦笑，除此之外還能說什麼？

就在我們的對話總算告一段落之際，一陣細微的聲響從後方傳出。疑惑著回首一望，我便對上了一雙美麗典雅的祖母綠眼眸。

糟糕！我把他給忘了！而且不是說麻醉的效力會持續一整天嗎？

「因爲是自發性行動，並沒有受到契約者驅使，因此麻醉的威力會大減。」女神淡淡地回以一句，依舊是絲毫沒有緊張感的聲調。

這種事應該早點告訴我！不對！從一開始根本就不該向多提亞出手才對！

「拚命大叫『誰都可以！快點救救我吧！』的人是誰？」柔和的嗓音悠然地反問著。

我欲哭無淚地切身感受到「所託非人」這詞的奧妙之處，原來「誰都可以」這種話眞的不能亂說！

我吞了吞口水，緊張地迎向多提亞的視線。以對方的精明，一定已經猜到自己爲什麼會忽然倒地了吧？即使多提亞向來縱容我的任性及惡作劇，但這次他就算脾氣再好也必定生氣了。

銀燕的麻醉效力似乎還殘留著，只見青年甩了甩仍舊有點昏眩的頭，想要讓自

己清醒點。他一雙眼眸嚴肅地瞇起，把我從頭到腳掃視了一遍，審視的眼神看得我渾身不自在。

最終對方把視線定在我的肩膀上，似乎確認了我身上眞的沒有留下傷口，那張冷冽至極的臉孔才總算變得柔和了些。

「維。」多提亞向我招招手，淡淡的語調令我不曉得他是否仍在生氣。

「呃、是！」我緊張地應了聲，硬著頭皮走到床邊。看到我僵硬又不安的表情，青年無奈地嘆了口氣。伸出手揉了揉我的短髮，多提亞總算露出清醒以後的第一個笑容。「妳不想說便算了，我只是想確認妳並沒有受到傷害。」

我鼻子酸了酸，感動地往騎士長的懷裡鑽。「多提亞，我果然最喜歡你了！」想不到竟然可以安然無恙地逃過一劫，向來最怕他生氣的我只差沒感動得哭出來。

「妳還眞是好狗運。」這是女神大人的評語，怎麼最近總覺得她離我心目中的神明形象愈來愈遠了呢？

被我一把抱住的青年久久沒有反應，我疑惑地抬起頭，竟看到素來淡然又沉靜的多提亞漲紅了臉，表情就像受到強大震撼般呈現空白狀態。美麗的綠眸無法置信

地瞪大，一向溫柔笑著的嘴也驚訝得大大張開。最有趣的就是雙手尷尬地停留在我的肩膀上方，顯然是想回抱卻又不好意思。

瞬間我的紫藍眼眸與青年同樣驚愕地瞪得大大的。

天啊！多提亞這種反應還真可愛！

「呃……維斯特你們……」經過一段時間的相處，總算沒那麼怕我們的潔西嘉從狐族青年身後伸出了半顆頭，紅寶石似的眼眸眨啊眨，一副欲言又止的模樣。

安迪彎下腰，雙手按在小白兔的肩膀上，語重心長地說道：「潔西嘉，真愛是不會被區區的『性別』所束縛的。」

少女聞言，認真地點點頭，鄭重地應了聲道：「我明白了。」

與多提亞對望一眼，只見青年的神色也是一片茫然。

現在是什麼情況？妳明白了，可是我們不明白啊！

一旁的伊里亞德還興高采烈地插進來添亂道：「就是說嘛！即使是恐怖如擅長死靈魔法的闇祭師，只要是美人，我也會絕對歡迎的！」

我看即使是暗黑之神本人，只要長相漂亮你也不會介意吧？

位處獸族身後的利馬及夏爾正在向我們拚命大使眼色，指指我、又指指多提亞，然後還用雙手做出個心形的手勢。

看到兩人的動作後，我總算有點明白潔西嘉他們在說什麼了。

果然下一秒便見安迪說道：「只是想不到維斯特這麼開放，公然在大家面前向身爲同性的多提亞表白還面不改色。」

「不是啦！你們誤會了！」我連忙離開青年的懷抱且急急解釋：「我說的『喜歡』只是朋友及同伴之間的喜歡啦！而且……」想到柏納及班森都已經知道我的眞實性別，安迪他們知道也只是遲早的事。倒不如由我親口告訴他們，因此我也就決定不再隱瞞。「而且我是女孩子耶！」

聞言，不知情的狐族與兔族都驚訝地瞪大雙眼，而其他人雖然有點訝異我會實話實說，但相比之下反應顯得冷靜得多了。

多提亞浮出一個淡淡的笑容，輕聲地解釋：「是的，維說的『喜歡』只是很單純地對兄長的喜歡，並不涉及男女之情。」

不知是不是我的錯覺，總覺得多提亞雖然在笑，可是表情卻有著難以讓人察覺的失望。

可是下一刻，他所詢問的話實在太令人震驚了，因此這個小小的疑惑便立即被我拋諸腦後。「既然維願意坦承自己的女性身分，那麼你們是否願意告訴我，獸體爲火鳥的柏納……是否正是你們獸族的王呢？」

我猛然抬頭看向微微一愣的橘髮青年。

柏納是獸王？不會吧!?

然而，很快地，對方便證實了多提亞的猜測，他居然點頭了！

除了多提亞以及總是老神在在的伊里亞德，我們人類組全體不約而同地倒抽一口氣。獸族進入人類的城鎮本就已經百年難得一見，現在我們竟然與獸族的王結伴同行，這絕對是前無古人、後無來者吧？

想不到從未遇上獸族的我，一遇便遇上他們的最高領導人！

不得不承認女神大人先前所說的話眞是有先見之明。

我還眞是好狗運。

「多提亞，你怎會猜到柏納就是獸王？」雖然青年的確有著王者應有的沉靜凜

然，一身尊貴的氣度以及懾人的氣勢，還有班森他們對待他的態度，也說明對方在獸族中有著超然的地位，但我從沒有把柏納與獸王這個驚人的身分聯想在一起。

多提亞怎會有這種想法？

「是眼睛。」只見騎士長自信一笑道：「古文獻曾提及，歷代獸王都擁有美麗的金黃眼瞳。而當時火鳥的雙眼確實是金色的，這就是您隱藏著瞳孔眞正顏色的原因吧？」

「眞是令人佩服。」如此說道的柏納，那雙與橘紅髮色完全不搭的黑褐眼瞳，竟隨著青年的話語而漸漸轉變，最終成了猶如晨曦光芒似的燦爛金色。

我隨即想起曾看見過這雙黑褐色眼眸閃現出微弱的金光，原來當時所看到的並不是錯覺。

不單能看見連魔力強大的精靈族也無法看見的魔法元素，我甚至能察覺出用魔法掩飾著的眞正顏色——這怎樣想都不像是一個普通人類。也許在這一連串的事情結束以後，我眞的要找個時間來調查一下素未謀面的母后的背景了。

既然柏納就是我們要找的獸王大人，我二話不說，便把作爲「人質」的金色指

環交還給青年。

並不怕往後會失去與獸族談判的籌碼，其他獸族我不敢說，可是青年的爲人我們都很清楚，他並不是獲得好處後便什麼都不管的人；相反地，先歸還「時之刻」，柏納反而會因強烈的責任感，而盡最大努力來保障我們這些人類的權益。

雖然獸族之王就在眼前，但我們還是決定依照原定路線繼續前往目的地。畢竟時之刻失竊一事是獸族的祕密，而且這指環的祕密並不單單屬於獸王。告訴我們這幾名人類以前，於情於理柏納也必須先知會各獸族的族長，並且取得他們的同意。

何況視乎情況，我也許有必要以另一個身分與整個獸族談判。

我並沒有忘記最初相遇時，柏納他們曾提及的目的——

進入王城，除了想確認有關戰爭情報的眞僞，他們還想見見菲利克斯帝國的四公主西維亞。

無論他們想見我的理由是什麼，我直覺這會是個該好好把握的契機。

ch.7 石之崖

也許是誤傷了人，還害我們掉下懸崖與飛龍親熱一番的罪惡感，又或許是害怕連龍也殺得了的我們盛怒下會向村子進行報復（沒有村民知道那頭惡龍最終其實可說是意外自殺的……），艾略特村的村民自從我們來了以後，便總是躲藏於屋內避而不見。

雖然一天下來，豐富的食物總會在吃飯時段出現在餐桌上（怎麼辦到的？），甚至在我們吃飽離去後，飯桌會被人收拾乾淨（這到底是怎麼辦到的!?）。害我還曾經很浪漫地猜想過，這個村落是不是住有童話故事中，會在屋主不在時替人類打掃的小精靈……

相信我，居住在這種死寂的村落中，絕不是什麼愉快的經驗。因此，第二天天一亮，我們便告別了這座可說是結合無數意外與誤會的小村落，毫不留戀地繼續展開前往石之崖的旅途。

□

接下來的路程可說是風平浪靜，我們所經過的，全都是人跡罕至的森林與岩壁，也就是說我們這些見不得人的獸族及通緝犯，不用再提心吊膽地害怕行蹤會被人發現了。

也因爲如此，被我們知曉眞正身分後，柏納就不再繼續用小魔法遮掩那雙美麗的金瞳，乾脆以眞面目示人。而班森他們同時亦不再忌諱，一聲聲「王」叫得理所當然。

雖然同伴由不知族群的獸族搖身一變成了尊貴的獸王，可是我卻沒有多少眞實感，何況不久前，我們還曾是一起失陷險境的同伴，要說患難與共也不爲過。即使先前對於柏納那滿身的王者氣度而有點感到難以親近，在我衣衫不整地往他身上爬時（別想歪，我指的是他化身爲火鳥的時候），什麼隔閡立即都煙消雲散了。

既然已經有過如此親密的接觸，因此在知道他的眞實身分其實是尊貴無比的獸王時，我也只有「原來如此，不知道有他在，到達石之崖時能不能從獸族中獲得多一點的印象分數？」這種無關痛癢的想法而已。

同樣洩露女性身分的我，柏納他們並沒有追問我女扮男裝的原因，甚至沒有詢

問我的眞實姓名，這點我實在滿感激的。

至於班森，他與我的關係則變得最讓人好奇。雖然面對我時仍是冷酷地黑著一張臉，可是熟悉的冷嘲熱諷沒有了，取而代之的是當我偶爾轉過頭去時，會看到他用怪異的視線打量我，害我總覺得自己就像被人於暗處觀察著的野生動物。

「喲！小維與黑豹最近很曖昧，還眉目傳情呢！」這種狀況不久也引起了其他人的注意，利馬大剌剌地對我開起玩笑來。

頓時所有人都把視線刷刷刷地射往我身上，戲謔的、玩味的、試探的……多不勝數，安迪甚至笑道：「若是維斯特，我們很歡迎妳成爲豹族的新娘喔！」

知道他們只是鬧著玩，並不是認眞的，我本打算笑笑、隨意應付過去。只是不經意看到多提亞微微低垂的眼簾時，不知爲何澄清的話便脫口而出：「不是啦！他只是覺得我這個人類很新奇有趣，我們並不是你們說的那種關係。」

綠眸幽暗，多提亞霍地抬頭，典雅美麗的眼眸閃爍著我不明瞭的情感。其他人順著我的目光看向騎士長，獸族人一臉的「原來如此」，而夏爾及利馬卻是滿臉喜形於色。

他們在高興什麼？

不過，鬆了口氣的我並不太在意這問題的答案。我不喜歡剛才多提亞的表情，雖然低垂的眼簾沒有洩露任何情緒，卻讓我感到有點難受，心頭悶悶的，澄清的話便不自覺地脫口而出。

接下來更讓我納悶的是，柏納無聲地拍了拍班森的肩膀，而潔西嘉他們看向黑豹的眼神更是無限的同情。

到底怎麼了？

經過這段小插曲，我們總算平安地來到獸族的核心據點，當年父王與他們進行和議的石之崖。

那是座宏偉的岩壁，環繞在四周的巨大岩層形成天然的屏障，只有一條僅能容納一人通過的小石徑，是個易守難攻的根據地。難怪以獸族稀少的人數，能與人類周旋如此漫長的時間。

若獸族不做出任何奇特的舉動洩露身分，人類是無法單從外貌來區分兩者的種

族（當然柏納那雙金眸另當別論）。可是獸族不同，他們似乎光靠氣息便能分辨人類與同族，因此路上滿布四周的獸族士兵一看到我們便滿是敵意，一雙雙充滿殺氣的眼神刺得我很不自在。若不是有柏納他們在，這些獸族顯然想把我們這些人類殺之而後快。

「夏爾，你沒事吧？」察覺到身旁少年的緊張，我擔憂地詢問。夏爾蒼白著臉搖搖頭，卻還是無法裝作不在乎，下意識地往我的方向害怕地靠近了點。

小徑的盡頭是個陰暗的洞穴，夜視能力優越的獸族習以爲常地走了進去，當我想緊跟著安迪他們的身後進入時，多提亞卻輕聲喚住我。

疑惑地回首，看到夏爾用魔法放出顆閃光球，這才醒悟我曾在古蹟所展現過的驚人夜視力。明白多提亞並不想讓我洩露這項天賦，我立即裝模作樣地後退，讓我們的小魔法師走在最前面，好替大家照明。

想不到進入洞穴還不到五分鐘便走到了盡頭，穿過洞穴後是一片露天岩壁。瞬間接觸到的陽光有點刺眼，我反射性地瞇起雙眼，待適應光線後才驚奇地發現，視野所及竟是一座由岩石開鑿而成的天然堡壘！

不同於人類宮殿的華麗與輝煌，獸族的城堡百分之百以純天然的岩石爲主。岩壁上四通八達的通道往岩層裡伸延，氣勢磅礴的建築沒有任何精緻的裝潢，卻有另一種震撼人心的宏偉壯觀。

十多個獸族從正殿方向出來迎接，除了爲首那名笑咪咪的老人外，所有人都以警戒及厭惡的眼神射向我們。而其中以那名體形巨大的大漢敵意最甚，我看了看安迪，隱約猜到這個人的身分了。

「歡迎王的回歸以及眾位人類朋友，我們已安排了餐宴爲大家洗塵，請進。」與一眾殺氣騰騰的同伴格格不入，老人向我們露出友善的微笑，然後伸手往裡面做了個「請」的手勢。

快步走到前面的柏納身旁，我小聲說道：「喂！這是洗塵宴還是鴻門宴，你好歹也給我一個心理準備吧！」

有點訝異於我的發問內容，柏納那嚴肅的表情不變，一雙金眸卻浮現出淡淡笑意。「有分別嗎？」

我老實回答：「洗塵宴的話我便慢慢吃，鴻門宴我卻要吃快點，以免一會兒打

起來沒氣力。」今天的早餐還沒吃耶！現在有點手軟腳軟的。

這一次，我清楚地看到柏納眼裡的笑意明顯加深。「妳慢慢吃好了。」

「喔。」獲得答覆的我便放慢腳步，把消息告知身後的人類同伴。自來到石之崖以來，一直緊張兮兮的夏爾這才總算放鬆了點，但仍是不安地四處張望。

我以不懷好意的視線打量那名安迪曾向我提及、此刻正以看垃圾的眼神緊盯著我們的熊族族長（經過老人的介紹，我這才知道這裡的所有獸族——包括潔西嘉他們全都是族長級的）。對方的視線比初相識時的班森有過之而無不及，本打算打起來的話便能乘機教訓他一下，老實說柏納的答案還真的讓我有點失望。

也不知道這個天然堡壘的內部是特意開鑿還是天然形成，一間又一間的石室以及通道令人眼花撩亂。就在我們不知拐了多少個彎以後，一個比先前路過的所有石室更空曠的巨大空間便展現在眼前。

沒空欣賞那些以岩石打造的桌椅，以及滿室粗獷的天然風味，我驚愕地伸手指向早就坐於石桌那兒的嬌小身影道：「是你！」

銀色髮絲、白皙的肌膚以及純白的服飾，除了那雙淡藍的眼眸外，整個人根

本就是白色的精靈。他依舊如初次見面時的面無表情，緩慢卻又流暢地站起來的動作，簡直就像忽然飄起的幽靈。

雖然理智上知道他不是靈體，但心理上還是不太能接受的我微微後退了幾步。幽靈可是我列於驚恐排行榜上的第一位，一下子遇上這個白白的傢伙，我還眞的有點適應不良。

幸好少年這次並沒有泛起那詭異的銀光，因此身影倒是沒有初遇時的虛無縹緲。只見這名自稱克里斯的精靈向我彎腰行了一禮，依舊是那種只在書本上看過、精靈族專屬的行禮動作。「很高興看到您平安無事。」說罷，精靈抬頭看向我身後的伊里亞德：「也很高興重遇多年不見的朋友。」

拜託！你的表情根本一點也不像是在高興好不好！

而且……伊里亞德……你連精靈族也染指了嗎？

等等！多年不見？

我仔細打量眼前的少年，雖然精靈的體型比人類單薄，可是克里斯怎麼看都比夏爾還小，幾年前的他還只是個孩子吧？有點厭棄地把視線轉向團長大人身上，以

後改稱他爲變態戀童癖大叔好了。

也許是我眼神裡的鄙視太明顯，伊里亞德無奈地指了指克里斯。「你可別把精靈的外表當眞啊！這傢伙在我四歲認識他的時候已是這個樣子了，那麼多年也不見他長大。」

聞言我不禁露出訝異的神情，並不單因爲克里斯那與外貌不符的年齡，更多的是由於伊里亞德竟在那麼小的時候便與精靈——這個隱居在南方森林的神祕種族有所接觸。

對於眞面目其實是老頭的指控，克里斯完全沒有祕密被人揭發的不悅，只是平緩地解釋：「精靈的壽命很漫長，以我族的計算方法，我的年齡相等於人類的十三、四歲，因此外表與年齡是成正比的。」

「原來如此，也就是說克里斯你眞的是看著伊里亞德長大的？難道團長也是精靈族!?」雖然男子沒有精靈族特有的髮色及尖耳，可是總覺得若對方有心隱瞞，要裝作是人類也是輕而易舉的事情。

一向沒什麼表情的少年，很難得地於淡然的臉上露出明顯的抗拒。「當然不

是，這種色鬼才不是我的同族。而且要說年齡與外表不符的話……」克里斯的話並沒有全部說完，並不是他不想說，而是伊里亞德一手摀住對方的嘴讓他噤聲。

該不會連伊里亞德也是個千年老人精吧？

精靈的話被迫打斷後，我才發現獸族那些刺眼的殺意沒了，取而代之的是驚訝無比的視線。回想剛才那些沒營養的對話，實在想不出是什麼事能讓這些討厭人類的獸族瞬間表情大變，甚至向我們露出如此敬畏的神情。

放下摀住少年嘴巴的手，伊里亞德改爲把手臂勾住對方的肩膀，整個人掛在精靈身上，並且泛起惑人的艷麗微笑。「你別看這個小傢伙一臉無趣的樣子，他可是精靈族中鼎鼎大名的『白色使者』，在其他種族中有著很驚人的聲望。」

克里斯皺著眉撥開男子的手，輕聲地說道：「別只顧著說別人！難道你就不有名嗎？『闇法師』。」

我疑惑地把視線轉向多提亞，只見青年搖搖，「『白色使者』的名號我曾聽聞過，可是這一位……」隨即他把視線轉向伊里亞德，簡單明白地向我攤了攤手。

「闇法師是暗黑教的信徒？」我猜測。

然而伊里亞德馬上便推翻了我的推論。仰起頭，男子語氣有點高傲地說：「誰與那群人是一夥的啊？」

相較於我們這些人類的迷茫，獸族顯然了解精靈口中「闇法師」所代表的意義，都不約而同地露出震驚的神情。同時我也留意到當中只有柏納的神情與眾不同，看他的樣子與其說是驚訝，倒不如說是某種疑惑總算獲得確認的表情。

這讓我想起伊里亞德曾把柏納喚作「凱柏納斯」，當時的青年就如同此刻身旁的同伴一樣，露出驚訝得不得了的表情。難道柏納在那個時候便已知悉伊里亞德的身分了？

薑果然是老的辣，那名貉族老人馬上便從震驚中恢復過來，假咳了聲拉回各人的思緒後，老人便向我們歉然地笑了笑道：「好了！別讓客人呆站著，大家先坐下吧！不然菜涼了就不好吃了。」

來到獸族以後，就數這句話最中聽，我都快餓暈了！

身爲這座石堡壘主人的柏納坐於長桌的正中位置，他右側以老人以雅爲首，坐

著各族族長。我本想隨意找個接近自己的位置坐下，克里斯卻向我招招手，並把我拉坐於柏納旁邊。

這無疑代表首領的位子，即使沒有被世人稱爲「白色使者」的少年在，這個位子也應由身爲「創神」團長的伊里亞德坐才對。可團長大人卻早就先我一步坐下，硬是把柏納身旁的位置空了下來。

努力忽略獸族訝異的打量視線，在克里斯的堅持下，我只好硬著頭皮坐在以雅的對面。至於我的同伴們，雖然不明瞭「闇法師」所代表的身分，但「白色使者」在各族間的地位他們還是知道的。多提亞他們也就自發性地坐在伊里亞德身旁，把我旁邊的位置留了給克里斯。

坐下後，柏納便禮貌性地示意大家先用餐，一時間我只顧吃著眼前美味的熊肉，並且驚異地盯著斜對面的熊族族長同類相殘（熊吃熊耶！），倒沒有心思與依舊散發出敵意的獸族拉關係。

反倒是以雅在我開始吃第二份熊肉時主動打開了話匣子：「維斯特先生，雖然你們眾位是王的朋友，但我想能讓我們的王暫時放下前往王城的動作，並將你們迎

來石之崖，這不光是因為你們想參觀石之崖那麼簡單吧？」

「請喚我維斯特就可以了。」身為王室一員的我早就習慣各種外交場面，有禮地頷首，並且巧妙地側了側身，好讓坐在對面的所有獸族族長都能清晰地看到我的臉。「很抱歉前來打擾了，只因我們於偶然間獲得貴族的寶物，而此物件更涉及近來人族王族中的重大陰謀，因此才特意要求獸王允許我們前來貴族的根據地。」一番話說得很客氣得體，果然各獸族族長的敵意隨即變得較為緩和。

在我的眼神示意下，柏納很合作地從懷中取出他們稱為「時之刻」、獸王代代相傳的金色指環。

果然，指環的出現立即在獸族之間造成一片騷動，眾人看向我的視線也變得複雜起來——不解、感激、審視以及警戒。

以雅禁不住激動地站了起來，「這……這正是我族失落多年的寶物，真是太感謝了！」眼泛淚光向我們感激地點了點頭後，老人續道：「請問你們可否告知是怎樣獲得時之刻的？而且剛才聽維斯特的言下之意，人類的王族似乎正醞釀著陰謀與暗潮？」

我禮貌地微笑以對，內心卻微微冷笑，這老人果然不如他的外表般是個慈祥的老爺爺那麼簡單，可是也太小看我了吧？想讓我們無條件地吐出情報，絕對是異想天開。

「既然大家都是朋友，告訴各位當然沒問題。我也正想詢問這指環的重要性，以及當年失竊的經過。」堆起燦爛的笑容，我立即反將老人一軍。

想要情報？有，用你們的情報來交換吧！

老人還想再說什麼，柏納卻嚴肅地點點頭，「這是當然的。」

「哼！既然王都這麼說了也沒辦法！人類，快點把你所知道的說出來！」抹了抹滿嘴油膩，熊族族長很不客氣地發出命令，我只微笑以對，卻完全沒有開口的意思。

本就看我不順眼的熊族立即暴跳如雷，「臭小子，你不想說，我便打到你說出來！」

托住頭悠然地看著盛怒的熊族，我沒有絲毫緊張不安。果然就在巨漢霍然站起來時，身旁的柏納冷冷地說了聲：「埃默里，坐下！」

雖然男子依言乖乖坐回石椅上，可是那不馴的視線依舊迸發出熊熊烈火，我開始明白柏納否決讓他同行的原因了。

以埃默里的年紀，他曾參與過好幾場獸族與人類之間的大戰吧？這種恨不得把我們殺之而後快的憎恨，是從人類的手上失去了什麼嗎？戀人、朋友還是親人？

戰爭是殘忍的，因此我一直想要盡力去避免。

「維斯特？」柏納略帶擔憂的嗓音成功打斷了我的思緒，我才發現自己竟然在會談中走神了。

其實由我們這邊先將情報說出來也無所謂，我相信獸族並不會食言。而相同地，柏納也是信得過我們，才把大家帶來石之崖，要討價還價也未免太難看。可是在熊族大吼大叫以後，一切便不再這麼單純了。若我堅持要獸族先說出情報，便會產生我們過於傲慢，又或是我們並不信任獸族的想法。

可是若我願意先提供情報（其實我個人是真的覺得無所謂！），那麼便會落得我們懼怕獸族、最後只能妥協的懦弱印象，這種誤解會令接下來的議談變得對我方壓倒性地不利。

ch.8 指環爭奪戰

彷彿瞭解到我的難處，身旁那名從一開始便默不作聲的精靈緩緩開口了。

「我族於星象中看到了世間將出現血腥，這是身爲精靈族的我會出現在這兒的原因。」少年的語氣雲淡風輕，卻別有一種神聖的肅穆，還有對於自己所屬身分的驕傲。「請獸族眾位不必擔憂會議中出現任何不公平之事，『白色使者』所代表的是精靈族而非人類。我將會代表所有族人見證這次會談，並使會議在有利雙方的狀態下進行。」

相較於對闇法師的陌生，「白色使者」卻是家喻戶曉的傳說級人物，精靈族善於觀察星象，當他們從漫天星光中發現血色凶兆時，便會派出代表，嘗試將世局的軌道拉回正確的方向。這種善意無私的舉動，即使在精靈族已隱於山林的現在也不例外。

避免戰鬥與殺戮的純白，理所當然地受到各個種族的尊崇與敬仰，這也是「白色使者」擁有高度發言權的原因。

同時，身爲素以公平聞名的精靈族，偶爾還會充任重要議程的見證者。最廣爲人知的就是菲利克斯六世與獸族之王的和議，那次會談的成就至今仍舊讓人津津樂

道。

爲世界萬物迴避血腥，予以種族間公平的見證，這兩點正是白色使者所代表的眞正意義。

克里斯的一席話正好給了我台階下，我便不再猶疑地把有關指環的一切盡數告知獸族。包括國王被強大的靈體控制，以及在魔法陣意外獲得指環的事。當然，我們的身分以及「創神」與叛亂組織這些事仍是保密的。

看似無所不知的克里斯淡淡瞟了我一眼，卻也沒有指證我有所隱瞞……呃……這些話不說應該沒關係吧？

聽過我的敘述後，所有人都沉默了起來，顯然正陷入沉思中。我並沒有催促他們，繼續埋首吃起面前那些已經放涼的熊肉。直至面前的盤子變得空空如也，老人帶有歉疚的嗓音才再次響起：「抱歉，我們想得入神了。」

點點頭示意明白了，我的耐心與體貼似乎成功贏得老人的好感。以雅向我這個謙謙有禮的人類青年投以一個讚賞的眼神，便爽快地和盤托出獸族的祕密。

傳說中的火鳥代表重生，他們獸族之王也確實擁有這種神奇的能力。當獸王的身體度過了全盛時期並開始步向衰落時，身爲火鳥的他便會浴火重生。老朽的身體被燃燒殆盡，於火焰中轉生成一枚新生的火鳥蛋。

因此，獸王雖會稱呼上一世的自己爲「父親」，但這只是個稱呼而已。畢竟重生後的他已經是個新的生命，但數代下來的獸王其實全都起源於同一個靈魂。

至於「時之刻」則是能刻印時間的神器。當獸王轉生時，便會把這一世所經歷過的時光刻印於指環之中。也就是說，即使轉變成新的生命，但依靠指環的力量，重生後的獸王便能完整保持上一世的所有記憶及經驗。

然而就在五年前，數道由不祥魔力集結而成的神祕風刃往石之崖襲來，夾雜無數血腥的魔刃，讓新月也被染成了暗紅。以獸體所附帶的特殊能力爲戰力，魔法正是強悍獸族的弱點。何況這些風刃並非來自於任何一名魔法師，而是由黑暗中憑空而生的力量體——強大、純粹並且銳利。

在獸族的奮戰下，這充滿血腥的魔刃在重傷獸王後便消散無蹤，就如同它的出現般，令人捉摸不住其來源及目的。

當時獸王所受的傷勢非常嚴重，甚至必須立即進行重生。就在那時，一名人類少年忽然出現，引領著那些魔刃的他，於獸王重生的瞬間奪走了金色指環，那正是獸族的至寶——時之刻。

現在回想起來，從魔刃的襲擊至獸王重創，這些顯然都是爲了在火鳥重生之際奪去指環的布局，對方的眞正目的不是獸王的性命，根本是這枚獸族的寶物。

聽到以雅的解說後，我想了想，問道：「我是在一個封印著靈魂的魔法陣上發現這枚指環的。以時之刻作媒介，也就是說這指環除了獸王外，也許還有可能刻印了其他人的時間——例如那被魔法陣所封印的靈魂？」

面對我炙熱期待的視線，柏納卻是無奈地搖搖頭道：「重生時我還來不及承繼先代的記憶，指環便被人奪去了。只是妳若想知道有關時之刻的事，何不詢問伊里亞德？我相信他會比我這遺失先代記憶的獸王更能派上用場。」

「咦？」聞言我愣了愣，驚訝之情顯而易見。

看到我們這些人類對「闇法師」一無所知，與我交情不錯的安迪體貼地解說道：「傳說『時之刻』是由『闇法師』交至初代獸王凱柏納斯之手，因此說伊里亞

德才是這指環的原主人也不爲過。」

凱柏納斯……啊！難怪失去先代記憶的柏納，聽到伊里亞德對他的稱呼時便知曉對方的身分。以獸族與人類的巨大鴻溝來看，能知悉這個早就淹沒於歷史洪流下的名字的人類（團長眞的是人類嗎？我現在也不太能確定了……），也就只有當年與初代獸王深交的闇法師而已。

話又說回來，伊里亞德，你到底幾歲了呀？

悠然地面對所有人刺眼的目光，傳說中的闇法師優雅地喝了口茶後，才慢條斯理地說道：「時之刻確實是我交託給凱柏納斯保管的，但主要目的並不是爲了獸王的重生。很遺憾現在指環內有關前任獸王的時間都已被『那傢伙』消除了，那麼我允諾解除獸族應履行的責任。」

隨著男子的話語，我那雙能看見魔法元素的紫藍眼眸，清楚地看到細小卻濃密的黑色元素從柏納的體內緩緩飄出，並且以極快的速度黯淡消散。

在場除了我看得見、克里斯與夏爾感覺得到魔力的波動外，其他人完全不知道發生了什麼事，都以莫名其妙的眼神望向笑得惑人的伊里亞德。

沒有多作解釋，被稱爲「闇法師」的男子輕柔地放下茶杯，往後把身體靠於椅背上道：「時之刻除了獸王外，的確還刻印了某個靈魂的時間。至於對方是誰嘛……」說到這兒，男子停住了，只是笑笑不語。

對「闇法師」充滿敬畏的獸族，理所當然地沒有繼續追問下去。至於我們人類則是出於對伊里亞德的了解——這人如果不想說，便不用妄想能從他身上試探出眞相，因此還是別在他身上白費氣力。

好吧！既然無法從伊里亞德那兒套取任何重要情報，懷著「靠別人不如靠自己」的不變眞理，我試著先把所有重點作個總結。「也就是說，菲利克斯帝國的兩名公主想要篡位，於是便想出使用禁咒來控制靈魂的方法。」

我想了想，續道：「然而因爲王族擁有神明的守護，單靠一般靈體無法勝任，因此她們便找了一個封印在古神殿中、天知道是什麼人（或種族？）的靈魂。而又正好被她們知悉獸族的時之刻擁有這個靈魂的時間刻印，因此兩名殿下便派出手下搶奪指環作媒介……吧？」句尾的不確定語氣代表以上純屬個人猜測，但看伊里亞德那微微揚起的嘴角，我想應該也與事實相距不遠了。

「然後便是禁咒被傭兵團破解，正常狀況下入侵的靈魂應該會被本體排斥。然而那靈魂卻出乎意料地強大，不受禁咒控制的它，甚至奪得身體的主權，除了把兩名有野心的公主打入大牢外，還把矛頭直指獸族……目標估計是爲了時之刻？」大概也想釐清剛剛獲得的情報，柏納也有樣學樣地作出了揣測。

「也就是說，繼續持有這枚指環對你們只有壞處沒有好處，因爲裡面所存放的獸王刻印都被人消除掉了。要不要趁現在把時之刻交還給我呢？如此一來便能避免菲利克斯帝國攻打過來了吧？」身爲時之刻的原擁有者，伊里亞德悠然的語調聽起來像在開玩笑，但我知道他是認眞的。

「可是我們無法保證那位僞國王是因爲指環的緣故而攻打獸族。」聰明的狐族一雙媚眼眨了眨，婉轉地表達出獸族想留下時之刻的意願。「何況即使我們交還時之刻，但王城收不到消息也就沒有效果了，對不對？」

「嗯，那麼我就換一種說法吧！」點點頭，幾絲艷麗的金紅髮絲低垂於頰邊，伊里亞德輕柔地說出驚人之語：「我希望獸族把時之刻借給小貓咪，直至事件結束。」

除了伊里亞德本人以及依舊一臉淡然的精靈，所有人——包括話題主角的我也倏地睜大雙眼，一時之間還以為是自己產生了幻聽。經過以雅的解說後，連我這個外人也明白時之刻對獸族來說有多珍貴，這根本就是獸王能否完整重生的關鍵，同時也是權力的代表——相等於家徽及玉璽的重要象徵。

而且這寶物的能力雖然珍貴又強大，甚至能記錄時間裡所有的記憶、經驗、感情，並且加以保存，但這稀有能力對我這個人類來說，實在沒什麼實際用處。

我又不像柏納有多條命可以使用……

就在我想要開口拒絕之際，團長伸出食指輕點我的唇瓣，笑容神祕又美麗地道：「別說不要喔！小貓咪。這指環在將來會對妳有用處的。」

我立即把拒絕的話吞回肚子裡。

雖然我們的團長大人看起來非常不可靠，然而若不聽他的勸阻行動，事後總會後悔的。這一點我在旅途中已經充分感受到了。

「你們這些人類到底有何居心！」不出兩句話便足以令熊族族長埃默里頓時大怒，就連面對大名鼎鼎的闇法師（雖然我還是不明白他到底有多出名）也破口大

罵：「竟然想要我們把時之刻外借給這個娘娘腔！開玩笑也要有限度啊！」

娘娘腔耶！很久沒有人這麼說我了，忽然有點懷念起志羅來。

若埃默里是在人類的地盤裡如此大叫大罵，我敢保證不出三秒，他便會被那些看不慣眉清目秀的貌美青年被人說成娘娘腔的少女們群起攻擊（老實說，比起少女們安慰我「完全不像女人」，我還寧可被人說是娘娘腔……）。

很可惜我們此刻身處獸族地盤，從這次柏納放任魯莽的熊族大叫大嚷的行爲便足以說明，獸王大人正透過熊族族長來表達他對伊里亞德要求的不滿。

大家很自然地把視線投向被評價爲最公平的種族——精靈克里斯身上，只見少年淡淡地說道：「誰能摘下對方的人頭，就是這次爭議中的大贏家。」

「……」拜託！這是大家都知道的野蠻勝出方法好不好？身爲白色使者的你，難道就沒有其他比較和平的提議嗎？例如猜拳之類的……

「雖然你這句話很中聽，可是那麼做的話，王必定會很生氣。」深感訝異的埃默里火氣似乎也同時受到影響，變得冷靜下來，這令我不禁懷疑剛才克里斯是不是故意的。

而且不得不說，你確定宰掉我們以後柏納只是生氣就算了？我忽然有點擔心我們這些渺小的人類在獸群中的人身安全了。

決定把克里斯的血腥提案拋諸腦後，我提出較為婉轉及和平的字眼，「派出代表進行一對一決鬥？如果我們勝出，便能獲得時之刻的暫時擁有權。」

其他獸族聞言倒沒什麼意見，然而以柏納為首、與我共同旅行過一段時間的四名獸族人卻在瞬間露出很微妙的神情，班森甚至不客氣地開口質疑道：「決鬥？不耍花招、不取巧，以真本領比拚的公平決鬥？」

……似乎這段旅途已讓這四人對我的個性了如指掌了。

「當然啦！你這麼說好像我總是很卑鄙似地。」做出有點懊惱的承諾。班森愈來愈聰明了，這並不是個好現象。

比就比啊！看看誰怕誰！即使不耍花招，我對我的劍術還是很有自信的。

聽到我提出決鬥的要求，安迪與潔西嘉都不禁露出擔憂的神情，其他獸族則是同情又不屑。不論是速度、回復力或體能，獸族都佔盡各種優勢，因此他們壓根兒就不認為我這個看起來纖細得不得了的小子能擊敗他們的王，在他們獸族眼中，我

這個不知天高地厚的人類青年是必敗無疑的。

當中只有柏納與班森不敢存有任何輕視的心態。曾和我一起掉落懸崖的他們看過我出手，雖然當時因爲肩膀的傷勢而影響了揮劍動作，但已足以看出我的實力。

若不是班森事先拿話堵我，我還想到了決鬥的時候便能把獸族的剋星——魔法師夏爾推出去，如此一來，大概施展幾個中級魔法後大家便可以收工回家了。現在被他這麼一說，我倒不好意思取巧得太明顯，可惡！

ch.9 離群的精靈

決鬥定為隔天中午舉行，商討過後又再度增加了一些規則，例如：不傷人命、不能使用魔法及獸族的特殊能力、只能運用體術或劍術等等（完全打消了我派夏爾上場的念頭，算你狠！）。

說到送上門來主動挑戰獸王的人類，我還是有史以來的第一個。獸族畢竟是擁有著野獸本性的好戰一族，很快地，決鬥的消息便傳遍了，相信明天來看好戲的人必定不少。

在待客方面，獸族倒是挺厚道的，安排我們住進最舒適的房間，以確保明天我方能處於全盛的狀態下進行比試，一點兒也沒有佔便宜的心態。

引起這場小騷動的伊里亞德，在會談結束後便又立即不見了蹤影，不知道是躲到哪位漂亮的獸族姊姊（或是哥哥？）家裡享受溫柔了。要是明天的決鬥，這個始作俑者膽敢不出現來替我加油，我發誓絕對會宰了他！

打發掉帶領我們來到客房的獸族後，總算獲得清靜的我一把拉住克里斯的衣領，硬是把少年扯進房裡。

「原來維斯特與伊里亞德那個變態一樣，都喜歡幼齒的？」木然的語調卻配上令人不爽的內容，少年的話眞的很令人大火。

誰與那個以下半身思考的傢伙一樣啊！而且說什麼幼齒……根據團長大人的情報，算起來你的年紀好像比我還要大喔？

「你想到哪兒去了……不是啦！克里斯，你老實告訴我，你是不是認識我的母后卡洛琳？」在古遺跡的時候，我因爲使用了強大的魔力而暈倒，結果失去了詢問克里斯的機會。現在那麼難得能再度遇上這行蹤飄忽的精靈，不把問題問清楚我絕不罷休！

我恨死了明明是自己應該知道的事，卻一直被蒙在鼓裡。

「當然認識，她是我們的王嘛！」以理所當然的語氣回應，少年奇怪的眼神顯然是納悶我怎會問這個傻問題。

早就隱約猜出了母后並非人類的我，對於她出身於精靈族的眞相並沒有太大的訝異，可是克里斯說出的另一件事把我嚇倒了。

我睜大一雙紫藍眼瞳，急急詢問：「你說王？是那個傳說中，父王年輕時與他

一起統領大軍，把魔族驅逐回黑暗之地的搭檔，金髮碧眼、被稱爲擁有太陽神美貌的美男子、歷來魔力最強大的精靈王？」

少年點點頭。

此刻我眞的很想尖叫。「可是那個精靈王不是男的嗎？」

克里斯沒有回答，只是以複雜的眼神盯著我看。

看我做什麼？我身上又沒有什麼特別……隨著少年的視線低下頭，我忽然醒悟道：「當年參加戰爭的精靈王也是女扮男裝？」

仍舊沒有回答，可是少年再次點頭了！

我哭笑不得地嘆了口氣，該說我不愧爲母后的女兒嗎？可是想不到母后的來頭竟然那麼大，要知道精靈王可是與父王齊名的存在啊！

可以想像這兩人的結合會引起多大的麻煩，單是母后的背景所能帶給帝國的幫助，便足以讓其他國家不惜一切代價阻止破壞。因此母后才一直隱藏自己的身分，甚至留下遺言要求唯一的女兒不得接觸魔法，就是想要保護我的身分不會洩露。

畢竟一名擁有魔法天賦、流有兩族王者血脈，卻還未有任何自保能力的孩子，

無論本身還是政治上都有很高的價値，在成長至能保護自己以前，說不定早就被眾多貪婪的餓狼撕碎了。更遑論還有兩名虎視眈眈的王姊，她們對我們母女倆的厭惡可說顯而易見。

果然，下一秒少年立刻補充道：「當年，王要求族人替她隱瞞身分，因此事情並沒有大肆張揚。」

「精靈族不反對母后嫁給人類嗎？」

「陛下的來歷有點……神祕，因此長老們一直不太干涉她。何況族人早就隱居於森林中不理世事，因此也不便插手精靈王與人類國君的感情。」

原來如此，至於菲利克斯帝國的人民，就更不會疑懷母后的身分了，因爲誰都知道精靈王是個俊美得不得了的美男子嘛！

所以說，謠言可不能盡信，即使是人盡皆知的傳說也一樣，眼前這個故事就是個活生生的好例子。

雖然一切聽起來合情合理，但我總覺得有種令人很在意的違和感。

眞相並不止於如此，我的直覺這樣叫囂著。

「你剛才所說，母后『來歷神祕』的意思是？」我敏銳地捕捉到了少年話裡的怪異之處。

「王並不是在南方森林出生長大的精靈。按理說，所有精靈都是在南方森林出生，應該無一例外，但唯獨陛下是外來的精靈。何況我們精靈族成年時須在生命之樹的祝福下舉行血脈儀式，不然失卻平衡的血脈之力會造成無可挽救的創傷、甚至死亡。然而王卻從未舉行過儀式，但她不單能安然使用精靈族特有的魔力，甚至力量比其他接受過祝福的族人更爲強大。」淡然的眼眸浮現出懷念的神色，克里斯也沒有想要隱瞞，從善如流地回答：「雖然王有著種種神祕之處，可是她確實擁有我族的血統及魔力，因此我們也就欣然地接納了她。某天，王忽然帶著一名人類的幼兒出現在森林中……」

我不禁佩服起精靈族的包容與善良。不要說是像母后這種來路不明的外來者，人類只要膚色、理念又或是宗教不同，便足以引發排擠與仇恨，從而爆發戰爭了。

忽然間，不久前的一段對話於腦海裡一閃而過。

「你可別把精靈的外表當眞啊！這傢伙在我四歲認識他的時候已經是這個樣子

了，那麼多年也不見他長大。」

「克里斯，你所說的人類幼兒……那個孩子該不會是伊里亞德吧？」我小心翼翼地詢問。

似乎是想起什麼不堪回首的往事，少年一臉的木無表情漸漸崩潰，清秀的眉苦惱地皺起道：「不就是那個老是惹麻煩的色鬼嗎？他絕對是精靈族教育的一大污點。」

眞的是他！

我的思緒飛快運轉，忽然出現在森林的外來精靈，以及跟隨這精靈而來的人類孩子。這兩人都有一番顯赫的成就——外來的精靈成爲精靈王、菲利克斯帝國的王后；至於那來歷不明的人類孩子，則是成了連獸王也要尊敬三分的闇法師。

與克里斯的一席話，我好像已經解開了有關母后以及伊里亞德的身分之謎，可是獲得的情報卻令我感到益發疑惑。

似乎已經知道了事情的眞相，然而仔細一想，卻又其實什麼都不知道。

在來到南方森林以前，母后是在什麼地方、過著怎樣的生活？爲什麼一直群居

於南方森林的精靈族，會出現外來的離群精靈？

而身為人類的伊里亞德，又為什麼會與精靈族的母后一起出現？

我嘆了口氣，只知道舊的疑惑還未全部獲得解答，新的謎團又來了。

看到我苦惱的神情，克里斯忽然泛起一個美麗的微笑。如同先前所見到的，精靈的笑總是一瞬即逝，美麗的笑容頓時把那不食人間煙火的清秀臉龐映照得明亮無比。「放心吧！即使卡洛琳陛下已放棄身為王者的身分，可是有需要的話，擁有精靈血統的您還是可以尋求南方森林的協助。」

想不到克里斯竟會說出這種話，我訝異地反問：「精靈族難道不在乎會因此再次投進世間的紛爭嗎？」

「精靈本就沒有完全隱居起來，我們仍會注目世間的動向。星座顯現的結果也多次指示我們需要幫助的對象，『白色使者』也是因此而來。」說出了一大段老成持重的大道理後，少年接下來的話，我覺得才是事情的重點。「而且族人們全都很護短的。」

一句話，我們就是不爽精靈王的後裔在外頭被人欺侮，怎麼樣！

獲得了素來公平的精靈族那頗爲偏袒的保證，一直以來懸空的心才踏實了點。雖然身邊不乏可靠的同伴，然而現在的敵人已經不光是兩名王姊，而是受到僞國王所控制的菲利克斯帝國。萬一眞的走到了最糟糕的局面——爆發戰爭，單靠我們幾人的能力怎麼可能足以應付。

我並不想隱瞞利馬他們這些事，所以拉克里斯進房時也順道把同行的他們招進來，因此他們其實也全都一字不漏地旁聽著我們的對話，並且知悉了母后的身分。

但我並不在乎。

就如同我雖是他人眼中高高在上的四公主，但私底下他們仍把我視爲對等的同伴，因此即使我只有一半的人類血統，母后甚至還是來歷不明的精靈，但西維亞就是西維亞，並不會變成其他人，這個道理我相信他們還是懂的。

若現在立場對調，即使利馬他們的眞正身分其實是魔族，甚至告訴我他變成了女人，我相信我也能不在乎他的身分而冷靜接受……呃……後者我有所保留，也許到時候我會很不冷靜地指著他們大笑一番……

咳！扯遠了。總而言之，我那三名同伴不負所望，表現得相當平靜。相較於我

的血緣，他們反而更著眼於精靈族的戰力，以及他們願意插手幫忙到什麼程度。可是克里斯卻不願意透露太多，只表示當我們需要幫助時，精靈族自會伸出援手。

我知道再逼問對方也不會透露，就不再爲難他了。想不到竟意外獲得了精靈族這個強大後援，雖然不知道他們願意做到哪個程度，但也足以讓我一夜好眠了。

□

第二天清早，我便被吵耳的號角聲吵醒，半睡半醒間軟綿綿地飄出房外，正好遇上一臉神清氣爽的安迪。經狐族青年的解說，才知道這是夜鷹族歸來的訊號。

當我聽到不少族群的族長特意趕回石之崖，就只是爲了觀看人類的勇士挑戰獸族之王的世紀大對決時，剩下的八分睡意便立即消散無蹤，只能扯起一個無奈的苦笑。

獸族的好奇心果然眞不是蓋的，每個人都想先睹爲快，看看斗膽挑戰獸王的人類長什麼樣子。想不到這場決鬥竟會受到獸族如此重視，看他們加油團的陣容，黑

壓壓的一群人，給予我這名參賽者強烈的壓迫感。

更過分的是這些趕回來看熱鬧的獸族中，十個當中便有十個把外表看起來最凶悍的利馬誤認成那名人類挑戰者，看也不看我一眼。難道我真的那麼不像樣嗎？

「妳比較像決鬥的優勝獎品——男寵一名。」女神大人提出很中肯的意見。

噢！閉嘴！

總覺得我對神明的敬畏之心，在這段時間裡已經被消磨殆盡了。

還好獸族的規矩和人類相比雖然寬鬆，但堡壘終究是一般人民無法進入的區域，因此在路過橫跨於山崖間的狹窄石橋以後（獸族的堡壘倚山而建，這種懸空的道路多不勝數。此刻我真的很慶幸自己並沒有懼高症，平衡感也不錯……），我便立即往崖壁裡走，總算成功隔絕看熱鬧的圍觀民眾那刺骨的目光。

雖然好戰的獸族們已戰意高昂，還好倒不至於心急得要讓剛起床的我餓著肚子來比賽。沿途忍受著萬眾矚目的痛苦，到達餐室時我不禁整個人趴在石桌上，短短的路程卻令我覺得好像跑了數十公里那麼累。

這不公平啊！簡直就是心理攻擊！

大概是此刻我那孩子氣的舉動與昨天會談時的精明樣子相距太遠，眾獸族族長都向我投以訝異的視線。

要談的都已談過，我也沒心情再做什麼表面工夫，維持這怪異的動作，大剌剌地接受同伴們的慰問。

「放心吧！小維，我們會替妳打氣，絕不會被獸族比下去。」利馬當著所有人面前拉出了一張巨型手工海報，以鮮艷奪目的桃紅色閃亮地寫著「LOVE－LOVE－維斯特！」的字樣，令我發出了瀕死的呻吟……

這絕對是精神攻擊！利馬你什麼時候被獸族收買了!?

「我可不可以棄權？」不行了，出場前我的戰鬥力已經很悲哀地被殘酷的現實打擊到負數值。

聽到我這麼說，正努力把那不堪入目的巨型海報撕碎的多提亞，泛起燦爛的笑容抬起頭道：「如果不是知道維妳是『勇往直前』、『顧全大局』、『深思熟慮』的人，我還以為妳是說真的。」

「……」好吧！雖然不知道那時之刻到底有什麼作用，可是我會乖乖出場去把它贏回來的。

強行打起精神吃著桌上的早飯，我裝作漫不經心地詢問：「柏納，我們相遇時，你們不是說想要見見西維亞公主嗎？我還不知道獸族找四殿下有什麼事呢？」

似乎有點驚訝我會忽然問起這麼久以前的事，柏納也沒隱瞞，老實回答道：「其實獸族並不是如人類所想像般完全隔絕了與人群的聯繫，以遊牧維生的荒民與我們獸族的關係一直以來都很不錯。」

「從荒民口中，我們知道菲利克斯帝國的四殿下與她的兩名姊姊不同，是名樂善好施的仁者，因此我們想去拜訪對方，說不定她會願意告訴我們有關菲利克斯六世忽然調動武力的原因。」

我托著頭，筆直地看進獸王的金色獸瞳。「那麼，若四殿下要求與獸族結盟，共同對抗僞國王的侵略，你們會答應嗎？」

金色眸子略微睜大，但也僅止於此，柏納不愧爲一族之王，驟然聽到這種敏感的問題，他的反應比我想像中冷靜得多。

「獸族並不願介入人類的鬥爭，然而若僞國王眞想與我族爲敵，多一名熟知帝

國內情的幫手也是好事。」謹愼地回答出模稜兩可的答案，卻沒有說出拒絕的話，也就是說獸王的確有結盟之意。

「當然這是以我們能與西維亞公主會面爲前提，又或許維斯特妳有四殿下的情報？」回答過後，這回變成柏納試探性地提問。

看獸王的眼神，他也許猜測著我是否爲西維亞公主的使者吧？

把注意力拉回美味的早餐上，我聳聳肩，道：「只是好奇問問而已。」

深深地看了我一眼，對於我的回答似乎仍有所懷疑，不過柏納倒沒有再追問下去。

ch.10 被擾亂的決鬥

隔絕了外界那些煩人的打量視線，早餐在雙方各自懷著不同心思的情況下結束。隨之而來的，便是萬眾矚目的指環爭奪戰。

爲了滿足人民的好奇心，柏納特地開放堡壘的大殿作爲戰鬥場所，在我們入場時，四周早就圍滿來自不同族群的獸族。幸好獸族人數不多，寬闊的大殿容納所有觀眾後，還不至於變得過分擁擠。

決勝方法簡單明瞭，以不傷人命爲原則，把對方打至倒地不起或是主動棄權的一方爲勝者。我看了看柏納空空如也的手，他果然如我猜想般，以自身的獸爪爲武器。雖然規則明列獸族不得使用特殊能力（如火鳥的治癒火焰），然而作爲身體一部分的基本武器——獸爪，卻還是在許可範圍以內。

拔出佩劍站到台上，觀眾看到獸王的對手竟是一名外表纖細軟弱的人類，感到被輕視的不滿鼓譟聲頓時此起彼落。他們滿心想看到的是精彩的武者決鬥，而不是王者單方面的屠殺。在一片輕蔑怒罵的騷動中，我的心情反倒變得異常平靜，沒有如先前般受到四周壓力影響。

套句多提亞說的，我是那種面臨對決時便會變得只看得見敵人的人，只要踏進

戰場，專注力便會急遽上升，外在因素已經再也無法影響我的戰意及判斷。

目光炯炯地緊盯著眼前的敵人，我移動劍尖擺好架勢，一陣淡淡的殺意從身上散發開來。四周鼓譟的聲浪以及竊笑的言語開始沉寂，觀眾漸漸震懾於我散發的凜然氣勢下。

柏納向來是謹慎而冷靜的人，身爲對手的他並沒有因我的轉變而產生動搖，他幻化出獸爪，金色眼眸迸發出熾熱的戰意。

我引以爲傲的速度雖然比不上豹族的先天優勢，可是與獸王相比還略勝一籌，第一擊將會是這次戰鬥的決勝重點。身爲裁判的貉族族長以雅做出開場的手勢，我便立即往前衝去想先發制人。然而男子顯然也懷有相同的心思，下一秒，我手中的長劍便傳來一陣震動，與對方後發而至的獸爪糾纏在一起。

本來寂靜無比的四周，頓時爆出熱烈的加油聲，隨即便是好幾下蓋過打氣聲的巨響。我眼角瞄到夏爾用魔法放出了耀眼的煙火，桃紅色的艷麗火光在天空中拼出「LOVE~LOVE~維斯特」的字樣……

我嘴角抽搐了幾下，壓下衝出去揍自家騎士長及魔法師的衝動，硬是把強烈的

殺意遷怒於眼前的敵人。人類與獸族在體能上有所差異，持久戰將會對我不利。以短時間攻陷敵人防線爲目標，我抱持著「進攻就是最好的防守」的理念，這場近身戰決定放棄防禦，我使出連綿不絕的攻擊令對手不得不回防，即使柏納把一雙獸爪防禦得密不透風，但依舊開始露出有點吃力的神色。

體內的戰士之血沸騰著，彷彿有層薄膜把耳邊熱鬧無比的加油及叫嚷聲隔離開來。極快的速度令四周景物變得模糊，高度的專注力令我的目光只集中在敵人身上。然而，從另一個「視野」所看到的影像卻讓我愣了愣，戰鬥中那行雲流水般的動作更是猛然一怔。

只是小小的失誤，便足以讓這場決鬥分出勝負。沒有放過那大好機會，下一秒柏納的獸爪便架在我的脖子上，銳利的指尖更是在這脆弱的部位劃上一條血痕，鮮紅的血液在白皙的肌膚上令人側目。

獸王的金瞳並沒有勝利的喜悅，反而滿是疑惑。他不明白爲什麼我的注意力會忽然被分散，因而讓他有機可乘。

「維！」多提亞緊張地衝往場內，見此，柏納默默地收起獸爪退開，騎士長立即抬起我的下巴檢視傷口，看到只是細微的割傷後，這才安心地呼了口氣。

沒有多餘的心思理會頸上的小傷口，把依舊指著敵人的劍尖垂下，我嚴肅地警告眼前的獸王：「菲利克斯帝國的軍隊攻來了。」

我的話就像在場中投下了一顆大型炸彈，譁然聲中觀眾一陣不安的騷動。然而獸族不愧爲全民皆兵的戰鬥種族，面對如此震撼的消息很快就冷靜了下來，不安的氣息也馬上就轉變成冷冽的戰意。

「妳怎麼知道的？不要告訴我是因爲那百分之百準確的直覺。」大概是想起了與飛龍作戰時的狀況，班森以懷疑的視線緊盯著我。當我解釋爲什麼能預測出飛龍的噴火時機時，就是用這個理由來唬他們的。

「他們集結在山崖西方的陰影下，大概是想等太陽下山以後進攻，這個位置正好是守衛防守的死角。」沒有回答班森的質問，我忙著集中精神驅使銀燕視察敵方軍隊的狀況。愈是看下去，內心便愈往下沉，對方顯然有備而來，而且還毫不保留地出動了大軍。「看來敵人對於石之崖的地理環境很熟悉，放棄了馬匹，而且集結大量射手，情況很不利。」

我當然不希望獸族戰敗，可是身爲菲利克斯帝國王室成員，我同時也不希望只是單純地聽從僞國王命令行事的軍隊中出現傷亡者。

難道戰爭眞的無可避免了嗎？

與柏納對望一眼，獲得獸王的頷首以後，班森便召來一隊悍然的豹族戰士。我留意到這群男子的髮色俱是深淺不一的棕色，就像花豹身上的彩紋一樣，這才想起安迪曾告訴過我，班森的黑豹血統在豹族中並不常見，此刻看來，黑豹似乎比我想像中更加稀有珍貴。

在班森的指示下，身手矯捷的豹族挑選出兩名戰士作爲探子。我所描述的位置距離堡壘不算遠，很快地，派去查探的兩名青年便回來了。

然而遠遠看去，回來的身影卻只有一人。

「有血腥味。」作爲探子的豹族青年還未走近，嗅覺靈敏的犬族已經敏銳地察覺出空氣中微弱的鐵鏽味。

直至距離逐漸拉近，我們才看清楚其中一人因左腳受了箭傷，而被同伴揹負於背上，逆光下看不眞切，便誤以爲只看到一個人的身影。

連忙往兩名探子的方向跑去，那插在傷者身上的箭支隨即變得清晰可見。

班森皺起眉，二話不說便伸手拔出陷在同伴身上的箭頭，頓時一股鮮紅血色從傷口噴射出來。看到血的顏色很正常，曾受過毒箭折磨的我安心地暗地吁了口氣。

在黑豹拔出箭頭的瞬間，下一秒柏納便快速按住傷口，雙手放出柔和的火光。很快地，血流不止的傷處便只剩下一道猙獰的疤痕。

在柏納處理傷患的同時，空氣中的魔法元素正慢慢聚集，我這才發現我們團隊的小魔法師正使出治癒魔法，替另一名傷者處理傷口。隨著少年項鍊上的一片小晶石「啪」地破碎消散，左腳中箭的青年總算可以重新站起來了。

「到底發生了什麼事？」以雅一改平常笑呵呵的老狐狸……呃……慈祥老爺爺的形象，收起笑容的他神情顯得沉穩嚴肅。我不難猜測出老人的表情忽然變得恐怖的原因，憑豹族的速度以及敏捷的身手，理應不會被敵人發現，除非敵人早已摸清石之崖的各條道路，並埋伏兵力在那兒守株待兔。

「那些人類早就在石之崖的各個出入口設下埋伏，我們一踏入西方小徑便遇上埋伏被擒。然而，敵方的首領並沒有為難我們，只是要求我們回來以後替他傳話，傳話的內容卻相當奇怪……」

我留意到這名青年在匯報事情經過時，他的另一名同伴卻將視線奇怪地定在多提亞身上，苦思的神情就像在努力回憶著什麼。當我順著對方的視線看去時，發現豹族戰士的焦點竟是集中在騎士長身上的佩劍，一陣不祥的預感立即從心頭生起。

「他是內奸！敵人之所以會如此清楚石之崖的布局，絕對是這個人類通風報信的！」那名青年的眼神忽然銳利起來，伸出手指著愣住了的多提亞後，說出了驚人的指控。

「喂！你這樣說有什麼證據？可別胡亂含血噴人！」身爲當事人的多提亞還沒來得及說什麼，行動派的利馬已經發起難來，而且不客氣的語氣正顯現出對於搭檔被誣衊的不滿。

我懊惱地扶著額角，想要阻止已經來不及了。就在那名豹族男子的眼神變得銳利的同時，我也醒悟出對方到底在看什麼了。

對方果然把手指向多提亞的佩劍，冷冷地說道：「這個人類劍上的花紋，與敵人首領身上的紋章一模一樣，這樣你還能說他們之間沒有任何關係嗎？」

可惡！還眞的讓我猜中了，敵方的領軍好死不死，偏偏正是多提亞的兄長、帝多家族的長子——卡利安．帝多！

只是那人不是二王姊在宮殿養的瘋狗嗎？現在他的主人都被僞王打入大牢了，怎麼身爲心腹手下的卡利安卻仍能到處走動？甚至還帶領大軍來獸族的領土壓境!?

說起來，由於帝多家族的家徽廣爲人知，平常多提亞也難得把遮蓋徽章的布條解下。然而到達四周全是獸族的石之崖以後，卻因爲獸族對人類的事情並不熟悉而失去了警戒吧，這的確是很大的失算。

顯然猜不到會從豹族口中獲得這種答案，利馬整個人僵住了，就連多提亞也露出很微妙的神情。

看到我們這種反應，柏納審視的視線在我們之間穿梭。「你們眞的認識敵方那名領軍的人類？」

獸王的話一出，站在柏納身後的獸族們全都幻化出銳利的獸爪，滿是警戒地緊盯著我們這幾名位處大殿正中的人類。

把嚇得不輕的夏爾拉至身後，我猶疑片刻後，終究沒有拔出腰間的佩劍。

「是的，我們認識這個人，他是多提亞的兄長。」

我的話立即引來眾人的譁然。班森冷冷地說道：「是你們把石之崖的情報洩露給那個人類嗎？老實說！我們對背叛者絕不留情的。」

黑豹的一席話聽似無情，可是我卻能察覺出他話裡的眞正意思：「有什麼話就別再瞞著大家，爽快說出來吧！不然要是被當成背叛者，我可救不了你們。」

還眞是個彆扭的人。

「我們一行人與那傢伙並不是一路的，他的姓名是卡利安・帝多，同時也是菲利克斯帝國二殿下的心腹手下。」我思量了一下，決定把先前暗地裡所做出的猜測說出來：「以雅大人不是曾說過嗎，當年偷走時之刻的是一名人類少年。若以此推測，既然把古代靈魂封印在國王身上的主謀是兩名殿下，那麼當年二殿下派出卡利安執行任務的可能性就很大。既然如此，此刻敵人知悉石之崖的情報更是不足爲奇，因爲對曾經襲擊石之崖的卡利安來說，這次只是舊地重遊而已。」

「但這些都只是無根據的猜測，那樣並無法洗刷你們的嫌疑。」難得有藉口對付我們這些人類，埃默里硬是想把罪人的帽子套往我們頭上。

如此一來，就連多提亞也有點不高興了。「我很遺憾地從剛才這席話裡發現埃默里先生的巨形頭顱裡原來是中空的，那我只好提醒你，我們到達石之崖也只是昨天的事，而且直至今早爲止，我與同伴們都沒有離開過堡壘的範圍。那麼請你告訴我，我們是如何達到你口中那所謂『通風報信』的條件呢？」

滿臉志得意滿的熊族族長頓時被多提亞微笑吐出來的一番話嗆得臉上一陣青一陣紅，卻無法說出反駁的話。

多提亞的一番解釋合情合理，四周的殺氣顯然下降不少。然而惱羞成怒的熊族族長於盛怒下卻口不擇言地說道：「那、那麼，既然這傢伙是敵人首領的弟弟，我們拿下他來作人質，說不定……」

瞬間我只感到內心燃燒起一陣猛烈的怒火，強烈的憤怒淹沒了理智。拔出佩劍的同時往前衝去，眾人只見銀光一閃，銳利的長劍已經架在埃默里粗大的脖子上。

事情發生得太突然，就連速度遠勝於我的班森也來不及阻止。眾人醒悟過來發生了什麼事時，熊族族長的性命已經掌握在我的手中。

看也不看臉色變得刷白的埃默里，我散發出冷冽的殺意，回首看著柏納一字一

字地道：「與你們獸族一樣，我們人類也容不下背叛。尤其對於那些想要傷害我同伴的人，我絕不會手下留情。」

此刻我的神情與其說是生氣，倒不如說是輕蔑。想不到向來以戰士身分爲榮的獸族，竟會說出如此卑鄙的話！

即使是我討厭得不得了的卡利安，也只是把探子射傷以後放回來傳話而已，並沒有想要以他們的性命威脅獸族。何況我們還是獸族的客人、獸王帶回來的朋友！

看到我的舉動，利馬挑挑眉，也大聲地宣示出他的堅持：「若你們爲了獲得人質而決意向我的搭檔動手，那就做好下地獄的覺悟吧！」

就連夏爾也畏畏縮縮地走到多提亞身前，只是氣勢卻明顯比利馬弱多了。「我也不許你們欺侮多提亞！」

「喂喂！」有點哭笑不得地被少年護在身後，多提亞卻不自覺地泛起溫暖的笑容，一雙祖母綠的眼眸滿是對伙伴的喜愛與驕傲。

莫名其妙地變成壞人一方，獸族之王柏納看到我們這次是眞的生氣了，慌忙搖頭澄清道：「你們別誤會，獸族再不濟也只是戰死沙場，又怎會想要使這種利用人質的卑劣詭計？」

獲得柏納的保證，並且滿意地看到埃默里在族人瞪視下的羞愧樣子，就在我以爲成功轉移獸族的注意力之際，一名高大男子越過眾人，從人群裡緩步而出。

那是個擁有淡黃色猛禽瞳孔、眼神銳利的男人，我認得他正是今早吵醒我的罪魁禍首——剛回歸石之崖的夜鷹族族長。

只見男子以略微低沉沙啞的嗓音說道：「眾位人類朋友，我爲我們獸族同伴的無禮道歉。然而，我們夜鷹族受獸王之命到王城視察人類的動向，從中明瞭帝多家族在人類族群中所代表的意義。」

看到族人都露出好奇困惑之色，夜鷹族族長解釋：「帝多家族是菲利克斯帝國數一數二的名門望族，我不認爲我們眼前這幾位客人之所以來到石之崖，完全只是巧合。」

我微微泛起苦笑，想不到柏納正好派出族人到王城查探虛實，只能說這是命運吧？

ch.11 四殿下・西維亞

「請相信我，我們對獸族絕對沒有惡意，遇上柏納的確純屬巧合。至於我們的身分……」深深吸了口氣，我環視四周。「的確並不單純。」

頓時警戒的視線、猜測的低語從四方八面傳來，我彷若未聞地介紹起身旁的兩名騎士長道：「先不說多提亞那來自帝多家族的出身，利馬與多提亞兩人俱是屬於皇家騎士團第二、三分隊的騎士長。」

剎那間，那目光銳利、態度卻略微冷淡的夜鷹族男子，淡黃的鷹瞳忽然變得熾熱起來，「皇家騎士團第二、三分隊隊長，就是整個皇家騎士團公認，最強的兩名騎士對吧？」

「你知道利馬他們？」我掩不住驚訝的神情。柏納所說的話似乎沒錯，獸族並不如我們想像地對人類的狀況完全一無所知。

「當然。」男子一臉躍躍欲試，「傳說那兩人是人類中數一數二的強者，我一直很希望能有機會與他們交手。」

「……」除了父王，我再次見識到有人明明還在世，卻被他人以早就化爲「傳說」的語調談論著。

說什麼「傳說中」的，聽起來真的很像在說死人耶！

「噢！你很強嗎？可以啊！找一天我們來打一場吧！」單細胞生物代表利馬立即露出好戰的神情，幸好他熱血歸熱血，卻也懂得看狀況，並沒有立刻拉起夜鷹族長來開打。

「那麼夏爾與維斯特呢？」心思細密的安迪，並沒有被益發往怪異方向發展的決鬥宣言擾亂，一雙狐媚的杏眼往我們身上掃來。

「這小鬼是行李。」我憑著身高的優勢，一手按住少年的頭笑得惡劣，看到眾人皆一臉不信時，我惡質地搖搖指頭補充道：「真的，夏爾並沒有什麼不得了的身分，只是名在魔法店打工的普通學徒，是他的師父以八折友誼價賣給我的行李。」

「……」眾人的反應是無言以對。

「至於我嘛。」面對獸族益發好奇的神情，我故意說得慢條斯理，恨得所有聽眾牙癢癢，卻又對我莫可奈何。「我的真實姓名是西維亞．菲利克斯，也就是柏納想要去王城拜訪的人。」

「咦？」

「啊？」

「耶？」

一時間所有人都維持著腦中空白的狀態，怪異的單音此起彼落。

夜鷹族族長打量了我好一會兒，也許是想起我與柏納決鬥時的強悍，又或是用劍架住埃默里時的狠辣神情，男子無法置信地反問：「你是女的？」

拿出王室那套學了十多年的儀態學，瞬間我氣息一變，眉宇間泛起淡淡笑意。我猜看起來該是氣勢優雅不凡吧，即使簡陋普通的髮色及衣著，也無法掩蓋尊貴身分的光芒。

「維斯特……不，西維亞殿下……簡直就像是換了一個人似地。」就連柔媚動人的安迪也受到我的吸引，一時間無法移開視線。

雖然表面上的身姿以及儀態優雅動人，可是我的內心卻在狂笑不已。

呵呵呵！本公主最厲害的就是勾引……不！吸引男性了。想當年多少貴族與他國王子爲了獲得我的青睞，而爲國庫增添無數的珍稀財寶……

咳！扯遠了。

「啊！原來如此！」不合時宜的驚呼聲瞬間把眾人目光吸引過去，發出聲響的正是那兩名歸來的豹族傷患之一。

因爲他另一名同伴的指控，這男子所做的報告因而遭到打斷。印象所及，當時對方好像正要報告出卡利安要求轉達的話。

「先前我還覺得奇怪，現在總算明白當時那人類將領爲何會這麼說了。」豹族男子那不算輕的音量，清楚地傳進所有人的耳裡，「敵方首領要我傳的話是：『只要交出西維亞殿下，我們菲利克斯帝國的軍隊自會離去，絕不動獸族分毫！』。」

原來他們的目標不是時之刻，而是我——西維亞・菲利克斯嗎？

「維……」夏爾擔憂的視線投往我身上，然而少年眞摯的憂慮神情，卻在看到我的表情後瞬間潰散，變成了驚恐地倒抽一口氣。

本在聽到探子的回報後，全神貫注地警戒著獸族的兩名騎士長，看到少年這種奇怪的反應，也不禁把注意力移往我身上。然後兩人繃緊的神情轉換成無奈……不約而同地嘆了口氣。

至於獸族，則是滿臉的驚疑不定，看我的眼神簡直就像見鬼了似地。

「呃……西維亞殿下，妳在……笑？」安迪吞了吞口水，鼓起勇氣吶吶地問。

「不必使用敬稱啦！現在我的身分是維斯特，跟以前一樣叫就好了。」心情愉悅的我，嘴角弧度再度上揚了幾分。

安迪身旁的柏納，表情則顯然很納悶。大概在獸王的預想中，我聽到帝國軍的要求後，反應可能是憤怒，可能是不屑，甚至可能是害怕驚惶，但他必定萬萬想不到我竟是「嗤」地一聲笑了出來。「而且妳好像……很高興？」

收斂起屬於「西維亞公主」的公主儀態，我露齒一笑，陽光般的笑容看起來就像爽朗的青年。「是很高興沒錯。」

筆直地看進我的眼裡，班森淡淡地補充：「而且眼神還猙獰得很。」聞言，所有在場人士深感贊同地一致點頭。

「是嗎？」我表情無辜地眨眨眼。

並不是第一次看到我這種反應的三名同伴，再次很有默契地嘆了口氣。每當有人明目張膽地想要踩在我頭上時，我的反應就是這個樣子。到了這個時候，熟悉我的人都知道又有人要倒楣了。

「上一次因受不了追求者滋擾而爆發時，好像連利馬也一起遭殃了吧？」

看到眾人忽然變得詭異的神情，我才發現剛才不自覺地把內心所想的東西脫口說了出來。

「妳也知道……」當年的受害者利馬騎士長，像是回憶到什麼心靈創傷，雙手掩住臉幽幽地道。

「算了，這些不重要。」我揮揮手，輕描淡寫地把話題拉回：「柏納，你們把我交出去好了。」

顯然早就猜到我的決定，同伴們並沒有表現出多大反應，只是再次嘆了口氣。然而柏納則是被我所說的話嚇了一跳：「維斯特！這種事並不能拿來開玩笑！」

「才不是開玩笑，我是很認真的耶！」我連忙澄清。

「妳不用試探我們啦！雖然先前我說過要捉拿妳的朋友當人質，但也只是氣話而已，並不是認真的，我們獸族絕不是賣友求生的人！」完全誤會了我這番話的意思，埃默里粗聲粗氣地說。

「我想，維她是說真的。」多提亞揉了揉額角，一臉的傷腦筋。

我肯定地點點頭道：「你們想想，那個僞國王爲何特意派軍隊來抓我回去？」

「是害怕公主殿下找到解除菲利克斯六世身上禁咒的方法吧？」貉族的以雅幾乎立即說出了他的猜測。

「對啊！那就是說，能讓父王恢復的方法是眞的存在，對吧？」我嘗試分析著此刻的狀況，並努力地表達我的想法。「既然對方的要求並沒有提及時之刻，也就是說，指環除了成爲法陣的媒介外，便再也沒有其他作用，同時也威脅不到對方，因此僞國王便毫無興趣。」

看到老人贊同的頷首，我續道：「而據先前交換得來的情報，那名偷走指環的人類少年很有可能就是卡利安。可是不論是卡利安還是二王姊，兩人都是不懂魔法的劍士，那麼當年打傷前任獸王的強大黑影從何而來？」

看到眾人面露迷茫，我再度拋出一個問題：「而且自法陣破解以後，那受禁咒控制的靈體便獲得了自由。三王姊被禁咒反彈的力量吞噬，二王姊則被押入大牢，然而奇怪的是，僞國王不但沒有對付卡利安，反而把重任交託於他？」

「妳的意思是……」柏納的一雙金眸變得幽暗，冷靜沉穩的語調說出了與我相同的猜測：「卡利安．帝多這個人類，從一開始所效忠的就不是菲利克斯帝國的二殿下，而是那被封印於古神殿的強大靈魂？」

我收起笑容，凝重地點點頭道：「如此一來，解除禁咒的關鍵也許就在卡利安身上，因此我不得不去。」

「我明白了。」對話就此告一段落，隨即柏納便扯下掛於脖子上的銀鍊，並一言不發地戴在我的身上。

散發出淡淡暖意的燦爛金色，這種金屬觸感我並不陌生。因爲不久前這條銀鍊便是從我身上解下，其上所串著的指環，更成了這次決鬥的獎品。

歷代獸王的證明——時之刻。

這場決鬥，我不是敗北了嗎？

訝異於對方的舉動，我抬起看著指環的視線，迎入眼簾的，最先是猶如夕陽般的橘紅，接著便是璀燦美麗的金色。

微微泛起的笑意，讓獸王那身令人退縮的王者氣息變得柔和，男子伸出食指輕點銀鍊上的指環道：「請不用在意，這並不是決鬥的優勝獎品，而是我借給朋友的

禮物。」

「王！」以雅急躁地喚了聲，卻被柏納抬起的手阻止了對方接著想說的話。

忽略老人那不贊同的目光，獸族之王淡淡地問：「維斯特，妳老實告訴我，剛剛妳所作的決定，並不完全是爲了從那名人類男子身上獲得解除禁咒的方法，對吧？」

抿起了嘴，我別開視線，倔強地默然不語。

「妳想替我們獸族迴避戰爭。」彷彿把我完全看透的金色獸瞳變得幽暗，男子以確定的語氣說出我心裡的憂慮。

看到我沒有說話，柏納提高音量問了聲：「如此一來，還有人對於時之刻的去向有所不滿嗎？」雖然別開了的視線沒有看向柏納，可是我知道他後面那句話並不是對我，而是對獸族的族人說的。

然後，竟再也沒有反對的聲音出現了。

竟然沒有預期中的反對聲，我不禁驚訝地瞪大雙目。我想此刻我的表情必定有點傻，就連冰冷漠然的鷹族族長也露出莞爾的神情。

而最反對柏納外借時之刻的貉族智者，在打量我良久以後，竟忽然向我彎腰行了一禮道：「誠如王所說，我們獸族願意交殿下這位朋友。」

愣愣地看著獸族的轉變，其實我只是單純地討厭看到別人受傷、流血，並非懷著爲人而犧牲自己的偉大情操，他們並不需要這樣的……

「我們也是一樣。」聰慧的狐族青年看出我的想法，泛起了艷麗的笑容，安迪的嗓音眞摯又誠懇道：「並不是什麼報恩的想法，我們只是單純地想要助維斯特一臂之力。」

看到我依舊默不作聲，埃默里煩躁地抓抓頭，巨大的手掌便往我背部拍過來道：「好吧！小丫頭，老子承認你們與那些討人厭的人類的確不同，老實說我還滿欣賞妳的，先前發生的事算是我錯好了！」

男子雖然只是友好地拍拍我，可是以熊族的強勁手勁，這一拍的力道著實不輕。瞬間我只感到背部遭受強力的衝擊，一些體內的東西也差點在這幾下重擊中被打飛出來。揉了揉發疼的地方，對於男子的熱情，我只能以苦笑回應。

「謝謝！那麼這指環我就收下了。待事情平息後，我必定會歸還。」一段話說得充滿自信。我相信必定能平安歸來，並且迎接與獸族再度聚首的一天。

「到時就輪到我們招待各位到王城來玩了。」眨了眨眼，我有點俏皮地笑道。

聞言，柏納那雙金眸的笑意更是明顯，聰明如他，當然明白我這番話的眞正含意。只見獸王點點頭，隨即轉至那名豹族探子道：「對方有提及時限嗎？」

受到獸王的提問，豹族青年下意識地直了直身子道：「有的，對方說假若太陽西下時仍未看到西維亞殿下的身影，他們便會進攻。」

我挑了挑眉，現在的時間還只是中午。卡利安素來謹愼，而且也沒少領教過我的手段，想不到竟會預留這麼多時間給我們商議，他難道就那麼有把握，不怕事情有變數嗎？

以那傢伙高傲自大的惡劣個性，我還以爲他會像往常般以鼻孔視人（天知道爲什麼頭抬得那麼高還能看到前面!?），然後傲然地下令：「立即！我要你們立即把殿下給我帶過來，不然我就攻進去！」

也罷，多想無益，反正情況對我方有利就好，我確實需要充裕的時間來交代往後的安排。

看向自事情發生以來一直與我同進退的同伴，雖然滿心不捨，可是理智告訴我，讓大家跟過去並不是一個好選擇。

不要說卡利安不會答應，即使他點頭，人質一多也只會束縛我往後的行動。何況我還有一些事需要利馬他們的幫忙，在自己動彈不得的狀況下，能利用的人手絕對要利用得徹底！

「是錯覺嗎？我怎麼覺得維剛才看我們的眼神有點恐怖？」夏爾好像感到有點寒冷似地縮了縮身子，小聲詢問身旁的利馬。

「不，不是錯覺。」面不改色的多提亞淡淡地回以一句。

利馬則是痞痞地笑了道：「我說，小維這種神情必定是在打我們什麼壞主意。而且眼神這麼陰險……該不會在盤算要把我們賣掉吧？想我苦苦保護了二十多年的貞節……痛！」

收回打在利馬身上的拳頭，我皮笑肉不笑地說道：「我聽到了，下次說廢話時請把音量轉小。」

滿意地看到男子摀住痛處，一時間痛得說不出話來，獲得寧靜環境的我這才道出腦海中的想法：「我希望你們幫我去散播一些謠言……」

聽過我的解說後，好事的利馬頓時一臉躍躍欲試，夏爾似乎也覺得很有趣，雙眼滿是興致勃勃的光芒。

「這確實是個有趣的提議，正好可以測試一下『他們』的可靠度。」多提亞贊同地頷首，隨即他轉向已經在盤算該怎樣實行計畫的兩人。「那麼，這件事就拜託你們了。」

「咦？」我愣了愣，一時反應不過來。

靜默了數秒，我立即大力反對道：「多提亞！你這麼說是想要跟著我嗎？那怎可以……」

「維。」包括了無數情感的嗓音呼喚出我的名字，聲音並不大，卻成功地令我中斷了接下來要說的話。美麗的祖母綠眼眸筆直地看著我，那深深的視線就像是直接看進了我的靈魂深處。

「你還記得我曾經說過的話嗎？」沒有多說什麼說服我的話，青年只是輕聲問了一句令旁觀者摸不著頭腦的話語。

雖然多提亞並沒有說明他所指的到底是什麼事，可是我就是該死地明白他想要表達什麼。

腦海裡不期然回憶起相遇的那一天，卡利安怒不可遏地把我們這兩個逃家的孩子抓回去以後，所發生的一段對話——

少年那張清秀的臉因兄長毫不留情的一拳而腫起，嘴角甚至還流淌著血絲，看起來真的很可憐。年幼的小公主愈看就愈是心痛內疚，卻又不知道該怎麼做才能減輕對方的痛苦。

低頭不語的女孩，忽然感到頭上傳來輕柔的觸感。

即使年幼但畢竟身分高貴，四周圍繞著的全是侍奉她的下人，父王雖然疼愛這個小女兒，但因國事繁忙，終究聚少離多，加上母后早逝，因此這是小小公主首次被別人視作一名孩子來溫柔對待。

從小接受王室教育，女孩明知道此刻應該怒斥對方的無禮，然而她卻無比留戀頭上的溫度，甚至達到感動得差點哭出來的地步。

看到女孩的雙眼染上一層迷霧，一臉泫然欲泣的神情，少年泛起個溫暖的微

笑。那因腫痛而影響到發音的嗓音有點含糊不清，卻不影響語調裡那溫和寵溺的感覺。「下次，我再找個機會帶妳出去玩吧！」

女孩睜大一雙紫藍色眼眸，軟綿綿的童音裡滿是驚訝與喜悅：「你不怕再被打嗎？」

少年眨眨眼，有點俏皮地笑了，並且教導小公主一個略微扭曲的知識：「做壞事只要不被發現就可以了。」

女孩歪了歪頭，語帶遲疑地詢問：「那……如果我不只是要出去玩，而是想要做很危險、很危險的事情，你會阻止我嗎？」

這個疑惑的動作在少年眼中實在可愛，他禁不住再度伸出手輕撫那頭新月色的髮絲。女孩猶如貓咪似地，享受地瞇起雙目，卻不知道在不久的將來，這個讓她喜悅的溫柔舉動，會在另一個朋友的手下變質成惡作劇的內容。

「不，我不會阻止。」少年毫不猶疑地回答，真摯的眼神令人無法對他的話產生任何質疑。「即使是很危險的事情我也不會阻止，但我會陪著妳一起做。」

ch.12 無法動搖的確信

雙唇微啟，我嘗試思索拒絕對方的話，然而在多提亞那不容拒絕的視線下，終究還是什麼話也沒說，只是無奈地嘆了口氣。

唉！只能怪當年聽到多提亞的話以後，年少無知的我感動之下便回以一個承諾。不過卡利安畢竟是他的親哥哥，應該會對弟弟留點情面……吧？

哎！回想起與卡利安有關的糟糕回憶，這還眞是連自己也無法說服的猜測。

所有人都驚訝於多提亞只是一句話便令我妥協，夏爾滿臉羨慕道：「好好喔！我也好想跟維一起行動……」

至於利馬，令人意外地不只沒有起鬨，反而當起安撫少年的角色，看起來倒有幾分可靠成熟的感覺。然而，一聽到青年話裡的內容，卻開始讓我嚴重懷疑把事情交託給他是否妥當……「沒關係啦夏爾，你想想，難得這兩個人不在，我們即使大鬧特鬧，也不會有人阻止，想怎麼惹事就怎麼惹事……痛！」

看著再次被擊倒的利馬，我皺起眉甩了甩握拳的手。可惡的利馬！我徒手打人也會痛的……

「維妳沒事吧？」看到我的舉動，好孩子夏爾立即一臉擔憂。

「怎麼了？是不是傷到手指了？」遠處的安迪連忙湊過來看。

「維，妳下次想揍他別用手，直接用劍就好啦！」喂喂！多提亞，你與利馬眞的是搭檔嗎？確定不是仇敵？

「白痴。」班森冷淡地挑挑眉。

「需要我使用重生之炎替妳治好嗎？」這種小事要動用到火鳥的火焰，我會良心不安的……

「年輕人血氣方剛啊！」貉族老人笑呵呵地說道。

「好像很痛……」就連潔西嘉也從黑豹身後探出半顆頭，紅寶石似的眼睛盯住我有點紅腫的手。

一直默不作聲的克里斯倒是沒說什麼，只是默然地拋出一個治癒魔法過來，我的拳頭便立即不痛了。

「……爲什麼沒人關心一下被打的我呢？」依舊彎著腰，腹部受到重擊的利馬一時之間還無法站直身子，臉上的神情哀怨得很。

見狀，我禁不住「嗤」地笑了出來。

看看天色，雖然離黃昏還有一段時間，然而終究是要分別的，我也不打算拖拖拉拉來培養離愁別緒，然後一起抱頭痛哭。

又不是將來沒有機會見面，爽快乾脆的道別比較符合我的個性。

「抱歉，請問是否能提供一套女性的衣服給我們？」就在我想要灑脫地與大家揮手說再見時，多提亞卻有禮地向柏納提出請求：「是維要穿的尺寸。」

對喔！差點忘了我現在是「維斯特」的打扮。這裝扮是很好的掩護，還是不要輕易曝光得好。

「我來張羅！我會把維斯特打扮得美美的！」不知為何，潔西嘉忽然滿臉興奮地從黑豹背後衝出來，平常細微得幾乎聽不見的聲音再也不復見，一雙紅紅的眸子迸發出熾熱的目光，讓人驚訝之餘也無法拒絕。

「好的……那就拜託妳了。」雖然小白兔的熱絡讓我有點退縮，但我仍是不忍拒絕地領受了她的好意。

看到女孩興高采烈地離開，我拉了拉垂至頰邊的髮絲，求助的眼神轉向身旁的精靈，討好地叫道：「克里斯……」

妮娜給我的魔法晶石效力只能持續一天，即使不加理會，時限一到自然會回復平常的髮色。我的習慣是每天起床時使用晶石，魔法的效力會持續至深夜才能消散。

緩緩抬頭看著我，隨即少年竟以漠然的神情提出了意料之外的討價還價，「讓我跟著你們過去的話，我就幫妳的忙。」

我的反應是很乾脆地把頭轉向夏爾，理也不理他，「夏爾，幫我。」

被我徹底無視的少年完全沒有露出任何不悅神情，就連扇狀的長長銀色睫毛也是動也不動，嗓音更是絲毫沒有波動的淡然道：「不止髮色，我能讓妳那頭削短了的頭髮『看起來』依舊是長的。」

我頓時陷入了天人交戰。

「白色使者」終究是精靈族的要人，要是出了什麼事，可不是開玩笑的。不過他的條件實在太吸引人了，「維斯特」這個身分在往後的日子還有很大的機會仍能派上用場。何況克里斯雖然一副弱不禁風的樣子，然而他的魔法實力我也是見識過的……

「可是卡利安那邊……」我仍舊在做最後掙扎。

「我會讓他看不見我。」就像是爲了證明這句話，精靈身上浮現出淡淡的珍珠光芒，隨即身影便淡薄起來，繼而消失不見。

出現了！精靈族的幽靈模式！

既然對方如此堅持，我也就不阻止了。而且我總覺得若拒絕了少年的要求，往後我將會錯失了什麼……

獲得我的首肯後，又是淡淡的白光浮現，精靈那模糊的身影逐漸再度展現於我的眼前。克里斯向我伸出手，當那隻略微冰冷的手撫上我頰邊的髮絲時，至耳垂長度的棕髮便開始增長，同時顏色也漸漸轉淡。很快地，一頭月色的淡金秀髮便再次回復先前長達腰際的長度，我好奇地伸手摸了摸，觸感竟眞實得讓人看不出只是幻術！

換上潔西嘉替我準備的衣服（我說兔子小妹，這種布滿蕾絲的華麗禮服到底從哪來的？），就連我自己也覺得看起來活脫脫就像是畫像中的母后。

看著這樣的我，克里斯那雙一向淡然的眼睛隱約浮現出回憶的情感，可是他終究還是收回了放在我髮邊的手。比我們這些人類經歷得更多的精靈族少年，很清楚我並不是母后，我們大家都明白即使外貌再相像，也不會是相同的人。

忽然有點好奇與母后緣分匪淺的伊里亞德現在是什麼反應，四處張望，我才發現我們的團長大人竟然又不見了！

難怪自決鬥起便再也聽不到他說話，想到進場時他明明還在我身邊……好吧！至少他有乖乖出現來替我打氣……

打點好了以後，遺傳那被喻爲菲利克斯帝國第一美人美貌的我，以無懈可擊的優雅儀態，在身旁騎士的護送下告別眾人，傲然步出石之崖那堅固的堡壘（至於克里斯……不管了！反正隱身後我們也看不見他，就當作壓根兒沒有這個人存在吧！）。

□

對於多提亞的出現，卡利安僅只是投以冷冽的一眼，卻意外地沒有多說什麼。

雖然我的身分是罪人，但我終究是公主，因此男子面對我時所做的表面工夫仍舊十足，也沒有拿手銬之類的東西來限制我的行動。

然而多提亞便沒那麼好運了，卡利安沒收了他的長劍以後，便下令將人押下，好把我們兩人分開來監控。

果然祈求過他多少存有一點兄弟愛的我，還眞是個白痴！

往男子身後黑壓壓的人群看去，卡利安所統領的是二王姊的軍隊，似乎在王姊被打入大牢以後，僞王便把原屬王姊的軍權交給他管理的這個消息並不只是謠言，也更令我確信卡利安與侵佔父王身體的靈魂，絕對有所關連。

行了一個騎士禮，長相與多提亞有七、八分相似的卡利安依舊是睥睨一切的姿態，表面上他說的話很有禮，然而裡面輕蔑恐嚇的意味卻很明顯：「四殿下，祈禱的機會也許不多了，我們並不介意殿下向月之女神克洛莉絲禱告以後再上路。」

「有這個需要嗎？」我輕巧地回眸一笑，雙眼閃爍著的是堅定不移。「我的信念就已經是獻給女神大人的禱告。」

「是嗎？」嘴角勾起一個嘲諷的笑容，卡利安的表情欠揍得讓我只想脫下腳上的三寸高跟鞋往他的臉上擲過去。

「了解。」隨著腦海中的嗓音響起，藍光一閃、銀鳥現身！

女神大人不要啊啊啊啊呀！

我只是胡亂想想而已，好漢不吃眼前虧，拜託妳千萬別惹是生非呀！

「嘖！眞無趣。」柔和縹緲的動聽嗓音用著與形象不符的語調說罷，銀燕便再度變回一枚手鐲上裝飾用的月亮石。

「我想世間的一切並不是總能順如人意，即使擁有強悍如戰神的守護，二殿下此刻還不是被打入了大牢？更遑論四殿下所信仰的，是柔和慈悲的月之女神克洛莉絲。難道殿下眞的認爲，您所信奉的神明能成爲您的依靠嗎？」卡利安的話語拉回了我飄遠的思緒，男子並沒有特意收小音量，在場的所有人都能把話聽得清清楚楚。

柔和與慈悲？完全聽不懂！他所說的到底是誰!?

……抱歉，我想你徹底誤會了。以我的認知，月之女神所代表的並不是所謂的柔和慈悲，應該是以惡劣的暴力及八卦見稱，絕對比戰神更爲強悍十倍的存在……

同時，也是可靠上十倍的存在。

「是一百倍才對。」女神的聲音再度響起，語末的尾音聽得出充滿了自信的笑意。

「若卡利安伯爵這席話只是爲了動搖我的信仰，那麼眞的很遺憾，我相信克洛莉絲女神是比戰神可靠至少一百倍的存在。」從善如流地滿足女神大人的要求，泛起王室教育下自小訓練出來的優雅笑容，我的雙眼卻是閃爍著堅定不移的確信。

不過無可否認，卡利安這番話實在令我頗爲意外。四周盡是二王姊的舊部下，如此明確表達出對王姊的不屑，而且把話說得那麼明，難道他就不怕這些士兵表現出他們的忠心來，聯手反了他嗎？

也許是看出了我的疑惑，部隊中步出一名騎士，金棕色的頭髮削得短短的，一雙暗藍的眼瞳如鷹般銳利。男子的臉色有種病態的蒼白，配以如刀削般的銳利五官，給人一種獵食者的凶悍感。

我認得這個人，他是二王姊除了卡利安以外最重用的心腹部下，皇家騎士團第四分隊隊長——阿瑟。

若說卡利安是二王姊養在宮殿中的瘋狗，那麼阿瑟就是她外放於郊野的餓狼。不同於擅長使陰的卡利安，阿瑟素以驍勇善戰聞名。在猶如修羅似的二王姊的軍隊中，以頭領的身分執行過無數屠殺，是個令人聞風喪膽的狠角色。

「從伯爵大人於二殿下手中救了我性命的那一刻起，我所追隨的人就只有卡利安伯爵一人。由始至終，我們都是以伯爵的榮耀所創立的團隊。」

「我不明白。請問阿瑟隊長你這番話到底是什麼意思？」即使再多麼感到驚訝，我仍能把語調維持在自然又不做作的優雅淡然，實在不得不佩服自己，裝模作樣的修爲愈發爐火純青了。

「沒什麼特別原因，就只是二殿下曾經想要殺了我而已。」阿瑟冷冷地回以一句，語氣冷淡得彷彿在說別人家的事。

「那你爲何還能成爲王姊的心腹部下？二王姊雖然爲人並不機伶，但也不會將曾經想要殺掉的人留在身邊。」雖然明知阿瑟並沒有欺騙我的理由，但是對方話裡的疑點實在太明顯，明顯得令人無法忽視。

「那是因爲初次相遇時，二殿下只有四歲，再見面時，二殿下已經把我完全忘

掉了。」

「……」

「當時我只是農家的窮孩子，殿下出巡時正好獲得一把城主進貢的寶石匕首，就想說要找個人來試驗一下匕首是否銳利。當時二殿下隨手往跪在地上的平民一指，正好便選上了我。」

「……」還眞像二王姊會做出來的事。

「還好同行的伯爵大人特意轉移了殿下的注意力，我才能逃過一劫。從那時起，我便決意將來要進入宮殿，好爲卡利安大人效力。」

原來如此，我總算明白了。

雖然二王姊好戰殘忍，可是手下的軍隊卻很自律，雖然作戰時總是冷酷殘忍、不留餘地，劍下絕不留活口，然而除非是王姊特意下令，否則他們鮮少做出過於狂妄之事，與王姊的行事作風有著顯然易見的不同。

只因他們本就不是王姊的軍隊，而是卡利安的！

雖然早就知道她不及三王姊陰險聰明，然而對方是自己日夕相見的部下，她也未免太遲鈍了吧？

卡利安眞正的主人是那名僞國王，而二王姊手下的軍隊，眞正效忠的對象則是卡利安。

也就是說，僞國王擁有菲利克斯帝國至少三分之一的兵力？

還眞是個糟糕的消息。

「害怕了嗎？」女神那如清泉般的柔和嗓音，再度於腦中響起。

同一時間，身後傳來細微的動靜。一雙溫暖的手靜靜地按在我的肩膀上，雖是完全沒預兆的動作，可是不可思議地卻沒有令我大吃一驚，反而給人一種安心的感覺。

啊啊，是克里斯。

結果他還眞的跟來了。

我嘴角緩緩勾起幾不可見的微笑，低垂著遺傳自父王的紫藍眼眸。

「有什麼好害怕？」以充滿自信的心念，我於腦海中響起了驕傲的回答：「大家都在，利馬、多提亞、夏爾、克里斯，還有許許多多與我們站在同一陣線的伙伴

們。有大家的幫忙，還有什麼事是我需要害怕的？」

「難道女神大人您是在擔心無法好好保護我嗎？」半是玩笑半是挑釁，我把問題拋回女神身上。

「妳這丫頭，愈來愈沒大沒小了。」雖然話裡的內容略帶責備，然而語氣中卻不帶一絲怒意，反倒愉悅得很。「既然把話說得這麼響亮，那就做給我看吧！去把那些意圖侵佔菲利克斯帝國的傢伙殺個片甲不留！」

「……」到底是誰說的？誰說月之女神克洛莉絲是柔和與慈悲的女神!?還眞是可怕的誤解，就像伊里亞德口中的甜言蜜語般不眞實。

「去吧！去奪回這個國家。身爲菲利克斯帝國的四公主，西維亞．菲利克斯，妳有這個資格。」

很熟悉的話語，令我回想起與女神曾經說過差不多的話，也回憶起此刻站在我身後進入「幽靈模式」的精靈少年，當時在遺跡中把手伸向我時的模樣。

他們都說，「妳有這個資格」。

雖然到此時此刻，我還是對他們話裡的「資格」一知半解，可是我不想退縮、也不能退縮！

那就只有前進了。

於是拋下所有惶然不安，越過身旁的阿瑟與卡利安，我傲然地往未知的未來走去。

《傭兵公主》卷二完

番外・花開之時

親愛的母親：

近來好嗎？最近天氣轉涼了，請小心身體。

從我成為見習騎士至今已經兩年多了，留在城堡學習滿三年後，將會獲得為期一週的假期。在王城待了這麼久，過不久，我總算能回家看看了。

見習騎士的生活很忙碌，除了劍術以外城堡還請老師來教導大家讀書識字，每天都過得非常充實。

隨信是本月的糧餉，替瑪莉買一頂新帽子吧！她叨唸我很久了。

兒子
利馬　上

利馬把家書以及銀幣小心翼翼地放進信封裡。王室果然出手就是闊綽，自己還只是名小小的見習騎士便已經能夠每月領到數枚銀幣。這對於那些權貴來說只是不

屑一顧的金額，在利馬這種出身寒微的平民眼中卻是一筆可觀的收入。除了能夠支撐家裡的開支外，還足以讓小妹奢侈地購買一頂新帽子呢！

想到家裡能夠獲得溫飽，以及小妹獲得新帽子欣喜的樣子時，利馬便覺得當初決定報考見習騎士實在是個英明的決定，離開親人生活的寂寞立即變得可以忍受了。

每年王城都會徵收一些資質優良、十歲以下的孩子作見習騎士，經過數年嚴格的訓練後這些少年便能正式編進軍隊裡。成績優異者甚至有幸能成為直接侍奉王室的皇家騎士，獲得無上的榮耀。

因此每年的選拔都是人山人海，成為豐收祭以外王城的一大活動。當年利馬幸運入選，於九歲時離家成為見習騎士至今已有兩年多了，每個月少年都會把大部分的糧餉連同家書一起寄回家裡。

正所謂長兄為父，對父親早逝的利馬來說，他的責任感比同年的孩子更重。雖然少年的性格大剌剌的，但從小卻是個孝順的好孩子，能夠幫忙改善家計對少年來說是一件非常值得高興與自豪的事。

「麻煩你了，馬頓大叔。」書信被珍而重之地交至一名彪形大漢手上，這個在城堡裡當馬伕的健壯男子是利馬的同鄉，在小鎮裡家境算是比較富裕的，還上過學、認得一點字。

作爲下人的馬頓與他們這些正在修行的小騎士不同，男子每個月有爲期四天的假期。他每次回家都會順道替利馬送信，再把信的內容讀給對方不識字的母親聽。

馬頓是小鎮裡出名的老實人，聽少年說得認眞，立即不好意思地搖搖頭：「我只是舉手之勞而已，大家同鄉，互相幫忙是應該的。」

利馬心裡感動，正要說點什麼，同期的見習騎士中年紀最小、被喻爲難得一見的劍術天才的菲洛忽然匆匆忙忙地迎面跑來：「利馬，原來你在這兒！老師發出召集令了，快點到操場集合！」

利馬與菲洛向來關係不錯，自然知道這個小天才的性子懶散得很，能夠讓他如此風風火火行動的事並不多。再想到身爲老師的老騎士肯尼士的手段，利馬立即打了一個寒顫，再也不敢遲疑，與馬頓匆匆道別後，立即尾隨趕來通風報信的菲洛一起往操場的方向跑去。

「菲洛，知道老師召集我們做什麼嗎？」私人休息時間裡，老騎士一向是不管他們的，想到這裡，心中有鬼的利馬決定先探探這孩子的口風比較保險。

菲洛懶是懶了點，可是人卻不蠢，立即從利馬的詢問裡聽出一絲心虛的意味：「你又做了什麼嗎？」

「也沒什麼，就是揍了凱威那小子一頓、並且在他暈倒時把他的頭髮剃光罷了。」看到菲洛驚嚇的神情，利馬補充：「我有先蓋他布袋的，那小子應該看不到我的臉。」

菲洛毫不保留地向利馬比出記大姆指：「財務大臣的兒子你也敢揍，算你厲害！」

「原來凱威的頭髮是你剪的啊……」

清脆的童音突兀地自身旁響起。談得興起的兩名見習騎士倏地停下奔跑的步伐，只見一名減速不及的陌生小女孩瞬間越過了他們，隨即穩穩停了在兩人身前。

年約六歲的女孩生得粉雕玉琢、非常可愛。一雙明亮清澈的紫藍眸子看向二人

時，卻讓利馬心生殺意。

「你是誰？」本來事情做得天衣無縫，誰知這絕大機密竟然連在奔跑途中也會被人聽到，利馬眞的連殺人滅口的心情都有了！

這女孩的年紀雖然看起來比菲洛要年長些，可是人家菲洛好歹也是見習騎士裡被喻爲天才的人物，是有練過的啊！現在到底是什麼世道？怎麼街邊隨便走出一頭小貓、小狗也能輕易跟上他們的步伐而不被察覺？沒有這麼誇張吧？

菲洛看到小女孩一頭稀有的月色髮絲，以及王室象徵的紫藍眸子時瞳孔猛然一縮，正想說話，女孩卻已轉身朝操場的方向奔跑起來：「你們還不快點！不是說要遲到了嗎!?」

利馬頓時大驚，肯尼士萬一生氣起來可不是開玩笑的。身材比同齡孩子高大的利馬，一手抄起體力較弱、有點後繼無力的小女孩，焦急地重新邁開腳步。

當利馬做出那無心、卻在某些人眼裡堪稱無禮的舉動時，知道小女孩身分的菲洛立刻緊張地想要出言提醒。

然而女孩的反應卻大大出乎菲洛的意料，被少年夾在臂彎裡的小女孩不單沒有如想像中般發怒，甚至還調整了一下姿勢，之後便悠然自得地打起瞌睡來。見狀菲洛的嘴巴蠕動了一下，最終還是放棄把女孩的身分向利馬言明。

□

雖然正值見習騎士的休息時間，然而老騎士肯尼士一聲令下誰敢耽誤？當利馬他們趕到的時候，操場早已整整齊齊地站滿著一眾見習騎士，拚命跑來的利馬兩人倒成了最遲到達的人。

肯尼士正想責罵這兩名姍姍來遲的學生，卻在眼角瞥見像貨物般被利馬夾在臂彎裡的女孩時大吃一驚，心想這對不上號的兩人怎麼會混在一起了？

「四殿下！」

在利馬與菲洛二人闖進來時仍舊雷打不動、保持著目不斜視的見習騎士群中忽然衝出一名英俊爾雅的少年。雖然少年年紀尚輕，然而一身優雅尊貴的氣質卻讓人不由得肅然起敬，年紀輕輕竟已有著貴族應有的風采。

少年名叫多提亞．帝多，是帝多家族的次子。

雖說作爲同僚，地位本應人人平等，然而現實中出身貴族以及平民的孩子自然不在同一個層級。不少平民出身的見習騎士爲了獲得更好的資源與庇護，皆選擇依附在一些有能力、有背景的貴族子弟下面。反正只有貴族才能晉升爲皇家騎士長，既然將來都是自己的上司了，何不現在先巴結對方、與對方打好關係？

因此見習騎士中便無可避免地劃分出一個又一個的小團體，其中就以這名帝多家次子爲首的團體陣容最大。倒不是說這少年有多仗勢凌人，只是人家命好，名字後面有著「帝多」這個不得了的姓氏，即使少年什麼也不做，阿諛奉承的人還是隨意一抓便有一大把。

看到越眾而出的多提亞，利馬略微不悅地皺起了眉。對於這位貴族子弟的頭兒，利馬向來沒有多大的好感，心想即使對方待他們這些平民之子再和善又如何？說穿了還不是用著高高在上的眼光來看他們？

他從來就不認爲這些未曾吃過苦的貴族，能夠用同等的視線去看他們這些平民。如果世界上眞的有公平這種東西，那麼皇家騎士長就不會是貴族的專屬了。

一向溫文爾雅的多提亞難得在眾目睽睽下顯露出慌亂的神色，被少年的異狀吸引，利馬倒沒留意到對方的目標正是自己臂彎裡的小女孩。正確來說，他早已把這孩子的事情拋諸腦後，完全沒有把人放回地面上的意思。

打著瞌睡的女孩在聽到熟悉聲音的呼喚後，猛然驚醒，隨即環視了四周一眼，向朝她乾瞪眼的騎士們尷尬一笑，小小的身軀發力向後一掙便輕鬆地脫離了利馬環住她腰間的臂膀，猶如一頭小貓般輕巧地落在地上。

起先看小女孩被利馬架著走還以爲對方受傷了，現在看到對方活蹦亂跳的樣子後，多提亞明顯鬆了口氣，略帶責怪地說：「原來殿下在這裡，眞是讓我好找。」

這一次的「殿下」利馬可是聽得清清楚楚了。驚訝地一手指著正滿懷歉意向多提亞吐著舌頭的小女孩，利馬感到晴天霹靂：「妳是四殿下!?」

在一旁看著這場鬧劇的肯尼士假咳了聲：「利馬，注意你的態度。你們先返回隊伍吧！」

老騎士在騎士團的威勢驚人，一發話，三名脫隊的見習騎士雖然對眼前的狀況感到滿肚子疑惑，但仍舊迅速歸位。

待眾見習騎士歸位後，肯尼士鄭重地介紹身旁這位突然冒出的女孩：「這次召集大家，是要向你們介紹一位新伙伴。也許你們之中某些人已曉得她的身分了。這位正是四殿下西維亞・菲利克斯。從今日起，她會與大家一起練習劍術。在這裡我們沒有公主、貴族以及平民這些階級之分，我希望大家能夠互相扶持、好好相處。利馬！」

處於剛得知小女孩特殊身分震驚中的利馬，在聽到老師的呼喚後才驚醒著從隊伍中走出。

一眾貴族子弟皆露出幸災樂禍的神情，利馬雖然平常老是一副大剌剌的樣子，好像對什麼事情都無所謂，但其實自尊心遠比其他人強。成爲見習騎士至今也有兩年多了，卻仍舊不識時務地拒絕眾貴族子弟的招攬，是騎士團中出名的刺頭學生。

眾人都認爲利馬必定會因無禮對待公主而遭到責罵，怎料肯尼士的決定卻令大家——包括當事人利馬目瞪口呆：「四殿下的劍術基礎不錯，暫時應以鞏固實戰技巧爲主。利馬，這期間就由你當四殿下練習的對手吧！」

老騎士的話一出，眾多包含著嫉妒與同情的視線瞬間落在少年身上。

對方是身嬌肉貴的四殿下，誰敢真的向她下狠手？所謂的「練習對手」自然是「被虐標靶」了。然而禍福相依，這同時卻也是個與四殿下拉近距離的大好機會，這標靶當得好，說不定能夠從中獲得意想不到的好處啊！

肯尼士拍了拍利馬的肩膀，鼓勵道：「好好幹！」

對於這名雖然有點張狂、可無論劍術或人品皆出色的平民少年，老騎士的印象其實很不錯，特意把少年編配給西維亞殿下也是希望對方能夠獲得四公主的青睞，從而獲得更好的晉升機會。

雖說也許會讓利馬吃點苦頭，不過肯尼士對少年那身皮肉還是很有信心。想當初，少年拒絕那些貴族小弟的招攬，被自尊受損的對方下令手下偷襲時，利馬被迎面一把木劍砸在臉上，也只流了兩行鼻血，還強悍得跟沒事一樣把對手全部放倒。以利馬大剌剌的性格，這兩年來吃過的暗虧不知有多少，要有事早就嗝屁了，也不會還在這兒耍寶。

然而饒是老騎士老謀深算，卻還是大大低估了利馬的膽大包天！

第二天，在這場吸引了各方目光的世紀對練中，很快便有人趴下了……

被打趴的一方，竟是尊貴的四殿下!!

令人更加吃驚的是，這位養尊處優的小公主卻是不哭不鬧，午飯過後又再度提著木劍興沖沖地找利馬對練。然而下場卻與上午時一樣悲慘，不出五分鐘便再度被少年毫不憐香惜玉地一劍打趴！

結果兩人就這樣子耗著，對練、打趴、對練、再打趴。果然應了眾人最初的預測，這所謂的實戰對練根本就是單方面的虐待，只是令人意外的是，被虐的一方是四公主而已……

數天下來，就連利馬這名施虐者也不得不佩服這小公主的毅力。少年下手很有分寸，絕不傷及女孩的筋骨，可是皮外傷卻仍是免不了。想不到女孩竟然能支撐至此，甚至還保持著高昂的戰意，這令本打算敷衍老師命令的利馬刮目相看起來，開始認眞地陪練。

利馬卻不知道這段時間裡，西維亞不知在心裡把他暗罵了多少回。女孩從沒想過少年下手竟狠到了這種地步，她甚至已經暗暗下了決定，將來要是老騎士要求她當新進小騎士的陪練，她一定也要把對方往死裡整。

除了這名倔強的小公主外，同樣被利馬另眼相看的還有他過去一直看不順眼的貴族子弟之首——多提亞．帝多。

這名少年與四殿下顯然關係匪淺，小公主被無情打趴以後，總是由多提亞親自替她療傷。每次利馬也能看到少年美麗的祖母綠眸子裡是滿滿的心疼，然而多提亞卻從未因此而阻止小公主練習，又或是找利馬的麻煩。

這讓利馬開始感覺到對方的善意，也許那名貴族少年眞的與那些憑著背景而驕傲自大的貴族弟子不同也說不定。

□

一個月的相處下來，三人逐漸混得熟了起來，面對多提亞時，利馬也改變了最初的冷淡態度，只覺得這兩人很特別、很有趣，明明就擁有著尊貴的身分，卻從不會給人高高在上的感覺。

「利馬，這是什麼？」難得看到利馬拿起紙筆寫字，正讓多提亞處理著傷口、痛得咧著嘴的小公主竟還不忘八掛一番。

利馬也不避嫌，小心翼翼地把銀幣與書信當著兩人的面放進信封裡：「嗯，家裡的環境不好，請同鄉的馬頓大叔幫忙寄點錢回去。」

聽到少年的話，多提亞的雙眼卻突然閃過一絲精光，凝望著利馬拿在手裡的家書，露出了若有所思的神情。

成爲見習騎士後，活動範圍便限制在城堡裡，沒有多少娛樂可以選擇的騎士們大多會在休息時間裡小小聚賭一番。

多提亞雖然對此興趣不大，但也曾被邀請參加過幾次類似的活動，當時少年便留意到那個叫馬頓的馬伕……

傷口消毒完、並進行簡單包紮後，西維亞再度生龍活龍地向利馬提出挑戰宣言：「可以再繼續了！看我這次把上午的債都討回來！」

對於這名擁有非凡鬥志、爽朗率直的小公主利馬是打從心底喜歡的。雖然起初要當這小公主的保姆時少年是千不願萬不肯，每每對女孩下狠招也是想要對方知難而退。然而一段時間相處下來，利馬卻發現這孩子無論心性、天賦以及毅力都是當劍士的優秀人選，不知不覺間竟激起了惜才的心思，開始眞心想鍛練對方的劍術。

「哈哈哈！好啊！你不介意被虐的話本少爺可是樂意奉陪！」聽到公主那不怕死的挑釁，利馬大剌剌地揉了揉小公主軟軟的頭髮，立即換來孩子不滿的瞪視。

多提亞微微一笑，與利馬不同，少年倒是一直對這名大剌剌的平民少年滿有好感。眞正相處下來後，他覺得利馬就像一道烈火，即使溫文如他也不由自主地受到對方影響，被感染得衝動熱血起來。

「利馬，與殿下練習過後也與我交交手吧！」對於利馬那種大開大闔、直來直往的劍法多提亞很欣賞，立即抓緊這個切磋的機會。

「又來啊……我討厭你的劍法，感覺超噁心！而且打了這麼多次我們一直平手收場，不是嗎？再比下去還有什麼意思？」那種一舉一動都被人計算殆盡、束手束腳的感覺利馬實在討厭不已。

多提亞揮了揮手中的木劍，微笑道：「很簡單，那就打到分出勝負爲止吧！」

「饒了我吧……」不愧是貴族子弟的頭頭，果然可怕！

看著兩名少年從最初的生疏冷淡，到現在能互相搶白的親密，作爲二人橋梁的西維亞雙眼閃過一陣亮晶晶的喜悅，欣喜地笑了。

□

事情發生得很突然，當利馬知悉馬頓因多提亞的關係受到牢獄之災時，他無法置信，一時間完全無法做出任何反應。

爲什麼？他把馬頓介紹給多提亞認識的時候，二人還相談甚歡的啊！

爲什麼？他明知道馬頓是我的朋友、送信的恩人，爲什麼仍要這麼做？

爲什麼？我們……難道不是朋友嗎？

與利馬交好的菲洛等人擔憂地看著臉色變幻不定的少年，深怕對方衝動下做出什麼傻事。

貴族出身的見習騎士則在一旁幸災樂禍，拚命搧風點火：「難道你眞的以爲像四殿下與多提亞出身這麼高貴的人，會眞心與平民做朋友嗎？」

「真好笑！看他每天把四殿下打得那麼爽，現在報應來了！」

被背叛的憤怒就像熊熊烈火般燃燒著少年的心志，雙目通紅的利馬一言不發地緊握著練習用的木劍，便往正巧步進練習場的多提亞衝去。

「攔住他！」在一眾袖手旁觀的貴族子弟的哄笑下，好幾名攔在少年身前的見習騎士被利馬手裡的木劍毫不留情地甩了出去，最後還是菲洛出手這才勉強把人攔下來。

想不到利馬的實力竟如此強大，數人聯手也無法把他攔下來。一時間，那些在旁竊笑的少年全部止住了笑聲倒抽口氣，露出驚駭不已的神情。

「可惡！就連菲洛你也要與我作對嗎？讓開！否則別怪我出手不留情！」利馬暴跳如雷，被威脅的男孩卻苦笑著阻擋在利馬身前，堅定不移。

「你在發什麼瘋呀？你這些朋友是想要保護你才阻擋在前面的，也不想想要是多提亞因你而有所閃失，那倒楣的人會是誰？」伴隨著帶有童音的嗓音，利馬感到雙腳的關節被人從後狠狠踢了一下，驟然受襲的少年差點往地上跪去。

「丫頭！妳再這麼暴力會嫁不出的我告訴妳！」

「喏，你看這是什麼？」暴力的動作成功引得少年回首，西維亞立即舉起手中的羊皮紙。

少年罵咧咧的話，在看到女孩高舉在手中的東西時倏然而止。

那是馬頓的罪狀，罪名竟是以運送家書爲名私吞委託者的糧餉！裡面詳盡列明了馬頓如何行騙，以及這些被盜用的錢財下落。即使利馬有多麼想相信對方，但在鐵證如山的證據下，卻仍是不得不接受這個殘酷的事實。

「也就是說……這兩年多以來，王室派給我的糧餉也被馬頓大叔私吞了？家裡根本就沒收到一分一毫的錢？」利馬失魂落魄地垂下木劍的劍尖，想到自己這個家裡唯一的男丁離開了，母親與妹妹到底生活得有多苦？虧自己還沾沾自喜，認爲考上見習騎士以後能夠讓親人活得富裕一點，怎料卻白白便宜了馬頓這個老東西！

多提亞上前拍了拍少年的肩膀，隨即取出一封因塞入銀幣而變得厚厚的家書：

「抱歉，我只來得及替你攔截回這一封，先前的早被馬頓揮霍一空了。我已派人與你的親人聯絡；四殿下也命人將馬頓的財產充公，變賣點算後會給予你們應有的補償，絕對會讓他把錢分毫不差地吐出來！」

接過這份省吃儉用才省下來的糧餉，利馬忽然覺得這封家書的沉重，並不止因爲裡面的銀幣，還包含著兩名伙伴在背後替他謀劃、爲他擔憂、替他出氣的情誼。

像那些出身貴族的孩子看不起平民一樣，其實他何嘗不是對擁有尊貴出身的兩人帶有偏見，雖然相處愉快，但內心深處總想著對方不會眞心待他這個平民伙伴、將自己視爲朋友？

也許心中的那份傲氣，讓自己在與他們相處時，還藏著一份自卑感吧？

想不到自己千恩萬謝的馬頓大叔竟是中飽私囊的貪婪之徒，反倒之前一直看不順眼的多提亞卻在背後替自己奔波勞累。心情大起大落之下少年也把「身分」這種東西徹底看透了；其實細心一想，這種東西在眞誠的情誼下根本就不是多麼大不了的事情。

雖說對貴族的芥蒂不是一時三刻就能輕易消除，可這次的事件讓少年充分感受到對方的眞誠，利馬也不是不識好歹的人，別人眞心對他好，這行動派的少年總會回報一倍的善意。

只見利馬向多提亞毫無心計地笑道：「多提亞，這次我就承你的情了。有空，我一定請你們到我家吃好吃的！」

一旁的貴族子弟嗤之以鼻，心想也不看看人家多提亞與四殿下是什麼身分，難道他以為自己家能弄出什麼山珍海味來招待這兩位貴人嗎？

怎料，那位總是掛著禮貌的卻疏遠的微笑、一視同仁地淡然對待他人的帝多家次子竟向眼前低賤的平民之子露出帶著感情的笑意。溫和而爽朗，在夕陽的照耀下散發著異樣的光彩：「嗯，我一定去。」

親愛的母親：

近來好嗎？抱歉這麼久都沒有與妳聯絡。有關家書的事情，相信妳已從調查馬頓大叔的人員口中得知了，事件在兩位朋友的幫助下已經順利解決，請勿擔憂。

替我傳遞書信這位是王室新聘請的傳信員，專為我們這些不能經常出入城堡的人與家裡傳達訊息。母親有任何想對我說的話只要口述給他就可以了，傳信員會記錄在書信上帶回給我。

另外，再過一段時間我們將獲得為期一週的假期，到時候我會帶上幾名好兄弟，以及一個小丫頭回來暫住。那孩子年紀與瑪莉差不多，性格俏皮滿討人喜歡的，兩人應該會很合得來。

隨信附上本月的糧餉，一切安好，勿念。

兒子
利馬 上

〈花開之時〉完

後記

大家好，託各位的福，《傭兵公主》出第二集了！

綜合大家的留言，第一集最受歡迎的角色要算是伊里亞德了，不愧是團長大人啊……不知道在卷二大家又最喜歡哪一個角色呢？歡迎各位告訴我意見喔！

故事來到卷二，人類以外的種族開始相繼亮相，旅途中，小維也增加了四名獸族的新同伴。

膽小嬌怯的兔族、狐媚聰慧的狐族、孤傲冷酷的豹族、以及沉著穩重、不死不滅的火鳥！

獸族是個生活偏向原始的種族，他們崇武、粗獷、不拘小節，卻遠比人類眞誠，沒有多少心機。到底獸族與小維一起旅行會擦出什麼火花？雙方能否成爲好朋友呢？這次西維亞公主踏出了種族接觸的第一步，也請大家繼續支持喔！

獸族裡不同的族群也有各自所屬的特質與個性，四名獸族中我最喜歡小兔潔西嘉，無論是那頭軟綿綿的奶油白短髮、紅通通的大眼睛、粉嫩可愛的臉蛋還是嬌怯怯的膽小個性也超級可愛耶！

說起來，最近香港有位女歌手推出了一首名爲「火鳥」的歌曲，每每聽到這首歌，我便會不期然想起柏納、想起浴火重生的神奇火鳥。加上這首歌曲的旋律也很動聽，大家要是有興趣的話不妨聽聽看。

最近我的心情一直持續亢奮中。除了因爲《傭兵公主》正式上市外，還有的便是我一直在尋找的花栗鼠終於有著落了！十一月底家裡新添了一位新成員——只有四個月大的小花栗鼠，取名豆丁。

花栗鼠是松鼠的一種，也有些人會稱牠們爲「花鼠」或「金花鼠」。體型嬌小、背部有五條黑色斑紋，眞的好可愛好可愛喔！

香港不像大陸或台灣，販賣松鼠是不合法的，想養的話只能接收別人自家繁殖的小松鼠。回想當初我苦等了數個月、尋尋覓覓了許久這才把小松鼠迎回家裡，當

中的辛苦與期待實在非筆墨能形容啊!!

也許松鼠終究帶有野性，而且我與牠仍未混熟，在這短短一個月的馴養過程中，我已經被豆丁咬了兩次了。傷口雖小，可是出血量卻很驚人！最重要的是，小傢伙每次都是咬手指頭耶……害我每次被咬以後寫文打字也好痛……果然馴養小動物的過程是鮮血與耐性的考驗！

即使如此，我還是很喜歡這俏皮的小東西，將來總有一天要把牠寫進小說裡！

再次感謝大家購買《傭兵公主》的第二集，我真是愛死你們了！以下是我的噗浪連結：http://www.plurk.com/saiyuki1984/public，歡迎大家來交個朋友，也請務必留言告訴我小說的感想喔！

那麼，希望我們能在第三集再會。

香草

【下集預告】

傭兵公主 *vol.3*

西維亞即將遇上人生最大的考驗！！

西維亞本以爲在「援軍」的營救下，從此便能海闊天空地任她闖蕩，怎料卻陰錯陽差地開啓了傳送門，更遇上被封印的魔族……
好吧，形勢比人弱，不得不低頭。在生命備受威脅的情況下，她只好與死對頭卡利安一起行動，前往帝國中最混亂的城鎮——無序之城，尋找解開魔族封印的必要之物……

～～精彩萬分的第三集．即將推出～～

國家圖書館出版品預行編目資料

傭兵公主.卷二 / 香草 著.
——初版. ——台北市： 魔豆文化，2012.01
面； 公分.
ISBN 978-986-87140-7-6（平裝）

857.7 100022623

FS018

vol.2

作者 / 香草
插畫 / 天藍 封面設計 / 克里斯
出版社 / 魔豆文化有限公司
地址◎ 台北市103赤峰街41巷7號1樓
電話◎（02）25585438 傳眞◎（02）25585439
網址◎ www.gaeabooks.com.tw
部落格◎ gaeabooks.pixnet.net/blog
電子信箱◎ gaea@gaeabooks.com.tw
投稿信箱◎ editor@gaeabooks.com.tw
郵撥帳號◎ 19769541 戶名：蓋亞文化有限公司
發行 / 蓋亞文化有限公司
法律顧問 / 宇達經貿法律事務所
總經銷 / 聯合發行股份有限公司
地址◎ 新北市新店區寶橋路二三五巷六弄六號二樓
電話◎（02）29178022 傳眞◎（02）29156275
港澳地區 / 一代匯集
地址◎ 九龍旺角塘尾道64號龍駒企業大廈10樓B&D室
電話◎（852）2783-8102 傳眞◎（852）2396-0050
初版七刷 / 2016年10月
定價 / 新台幣 180 元
Printed in Taiwan

ISBN / 978-986-87140-7-6

魔豆

魔豆